作品奖状图片

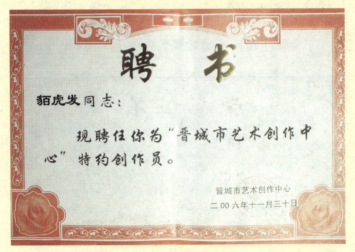

晋城市艺术创作中心特约创作员聘任书

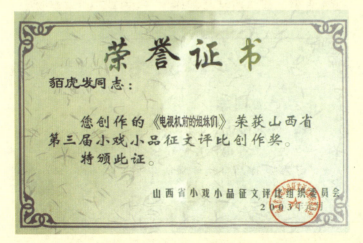

山西省第三届小戏小品征文评比创作奖奖状

晋城市民间艺术展演优秀创作奖奖状

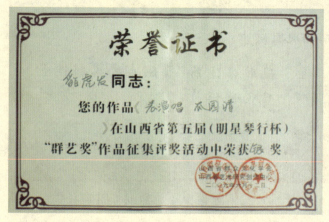

山西省第五届（明星琴行杯）"群艺奖"银奖奖状

山西省第五届（明星琴行杯）"群艺奖"金奖奖状

《剧作家》杂志社首届全国有奖征文评奖二等奖奖状

山西省第三届小戏小品征文评比创作奖奖状

"白云杯"小品、小戏调演活动编剧奖奖状

山西省第五届（明星琴行杯）"群艺奖"金奖奖杯

艺

海浪花

YIHAI
LANGHUA

貊虎发○著

山西出版传媒集团

山西人民出版社

图书在版编目（CIP）数据

艺海浪花 / 貊虎发著.—太原：山西人民出版社，
2022.2

ISBN 978-7-203-12018-6

Ⅰ.①艺… Ⅱ.①貊… Ⅲ.①文艺—作品综合集—
中国—当代 Ⅳ.①I217.2

中国版本图书馆CIP数据核字（2021）第264057号

艺海浪花

著　　者：	貊虎发
责任编辑：	吴春华
复　　审：	吕绘元
终　　审：	梁晋华
装帧设计：	赵　冬

出　版　者：	山西出版传媒集团·山西人民出版社
地　　　址：	太原市建设南路21号
邮　　　编：	030012
发行营销：	0351-4922220　4955996　4956039　4922127（传真）
天猫官网：	https://sxrmcbs.tmall.com　电话：0351-4922159
E－mail：	sxskcb@163.com　发行部
	sxskcb@126.com　总编室
网　　　址：	www.sxskcb.com

经　销　者：	山西出版传媒集团·山西人民出版社
承　印　厂：	天津冠豪恒胜业印刷有限公司

开　　本：	710mm×1000mm　1/16
印　　张：	12.75
字　　数：	190千字
印　　数：	1—3000册
版　　次：	2022年2月　第1版
印　　次：	2022年2月　第1次印刷
书　　号：	ISBN 978-7-203-12018-6
定　　价：	32.00元

如有印装质量问题请与本社联系调换

序

　　本书的出版将是自己第三本文艺类作品集了，至于请人作序，我思来想去却始终没有想好，找名人吧，名人的时间很宝贵；找领导吧，领导的工作都很忙；还是自己简单交代吧，请读者见谅。

　　看过我前两本书的朋友和同事问我，你是艺术院校毕业的？肯定不是。有的还问我，你很喜欢文艺创作？我觉得它是工作所需，只能说是爱好与职责所在。至于出书，我想，原本不是为了出书而写作的，只是辛苦写作的必然吧！

　　文艺作品是广大人民群众的精神食粮，优秀的文艺作品能净化人的灵魂，弘扬社会主义核心价值观，丰富人民群众的精神文化生活。调入文化部门工作，这成为我人生历程中的第二驿站，作为分管文化业务的人员，我深知文艺创作的重要意义，文艺作品的短缺直接影响舞台演出的内容和形式。文艺创作是一件非常辛苦的事，创作人才非常紧缺。20多年来，我在做好行政工作的同时，潜心学习文艺理论，深入实践汲取营养，发展自己的业余创作之路。

　　对于小型文艺作品，可能有人觉得这是小事，感觉无足轻重，但文艺作品不论大小，它表现的地方是舞台，呈现的是现场表演，要经得起观众的欣赏，经得住大家的评论。对于我这样非专业的人来讲，构思大家满意的文艺作品更需要绞尽脑汁。我创作的第一个作品在晋城市春晚演出时令观众耳目一新并获奖，这对于一个新手来说是莫大的鼓励。之后，在领导的支持和同仁的帮助下，根据宣传和演出的需要，我从地方特色和民族特色的角度，创作了歌颂陵川县旅游风光、先进典型及各行各业建设成就的小品、歌曲、配乐诗朗诵、歌舞说唱、小戏、快板、小话剧等文艺作品 200 多件。这些作品大都在各级各类舞台演出，部分在省、市级刊物发表，20 多件作品荣获省、市级编剧奖、优秀节目奖、创作奖、银奖、金奖，我也成为晋城市艺术创作中心特约创作员。

寒来暑往二十载，日积月累苦费心。本书收集个人近年的大部分文艺作品，里面凝聚着本人对文化工作的无限热爱和对艺术事业的不懈追求，本书若能对文艺爱好者的创作兴趣有所激发，对曾看过的精彩内容及艺术表演有所感悟，我就倍感欣慰了。由于本人学识有限，又是"半路出家"，作品难免存在漏错，敬请专家和读者们批评指教。

著　者

2021 年 12 月 1 日

目录

陵川号兵

时间: 抗日战争和解放战争时期

地点: 陵川县

人物: 讲师,简称师

喜子,男,16岁,号兵,简称喜

小玲,女,15岁,农民,简称玲

号兵1、号兵2、号兵3……若干,简称号1、号2、号3……

陵川武委主任,简称任

指导员,简称指

号兵教练,简称教

群众若干,甲、乙、丙……女1、女2、女3……

【大屏显示陵川烈士陵园,配合讲解】

师 各位学员,大家好!今天,我授课的题目是《传承号兵精神 吹响时代号角》(背景飘出课题,包括讲师单位、姓名等)。

现在,请大家跟随我参观一处特别的地方,陵川县城东一小山岗上,松柏林立,绿草茵茵,鲜花遍地,这个秀美宁静之处,就是陵川县烈士陵园。无数革命先烈抛头颅,洒热血,用生命谱写了一个又一个动人的故事,换来了抗日战争和解放战争的伟大胜利。在这里,我们感受的是革命烈士的伟大,聆听的是革命先辈的教诲,接受的是革命精神的洗礼，让我们深深地体会到今天和平幸福生活的来之不易。

进入陵川县烈士陵园，首先映入眼帘的是雄伟的革命烈士纪念碑，而最引人注目的是纪念碑顶端的号兵塑像。号兵昂首挺立，目视前方，正在奋力吹响冲锋的号角，人们注目凝望间，仿佛听到激越嘹亮的军号声在千山万壑间回响。

有个细节，可能引起你的思考，全国近百万处的纪念碑、纪念塔上，塑五角星的有，塑伟人像的有……为何唯有陵川县的塔顶是号兵塑像。陵川县之所以将号兵作为代表，有其特殊的寓意和感人的故事，请随我走进那战火纷飞的年代哟。

一、背景条件

【大屏显示硝烟战争、八路军转战太行山、义汉红色基地场景】

幕后音：1937 年 7 月 7 日，卢沟桥事变爆发，中华民族全面抗战由此开始。八路军 115 师、120 师、129 师先后开赴山西抗日前线，开辟了以太行山为中心的山西敌后抗日根据地。为了便于统一指挥太南、豫北的抗日工作，八路军成立了第二纵队，指挥部设在陵川县平城镇义汉村。陵川也就成了抗战支前的大后方，当时，前线号兵十分紧缺，陵川由于地理条件特殊，群众基础扎实，自然成为号兵培训的绝佳之地。

（背景显示义汉村第二纵队牌匾等，播放抗战音乐，指挥部外广场上站岗的、巡逻的、练兵的、有说有笑做军鞋的群众等画面场景）

女1（上场坐下）姐妹们都在呀，大姐，最近忙啥呢？

女2 这不，咱们八路军转战太行山了，我想我那部队上的大儿子应该回来了，这几天呀，他二姨给他张罗了个对象，想趁他回家见个面。

女1 对上了吧？

女2 对啥呀，他压根就没回陵川，听说去了武乡。

女3 她二婶，我看你军鞋做得挺快的，几对了？

女4 快个啥呀，才五对。

女3 我做完这只才四对。

女1 她二婶，你可是个小灵通，向你打听个事。

女4 说吧，没有我不知道的。

女1 听说部队要招号兵，真的假的？

女4 黄政委好像说过，我没留意，可能还没定下来。

女3 指导员来了，问一问不就行了。

女4 （指导员上场）指导员，听说要招号兵？

指 消息挺灵通的，小道消息，没正式通知，有事吗？

女1 是我想问，要是招号兵，让我家老二去报名。

众 我那儿子也报名，我的也去，我闺女也去……

二、组建号兵

〔电话铃响后，转人民抗日武装委员会（简称武委会）办公室内场景，舞台布置简易办公桌椅、电话等，武委会的几名领导进屋〕

任 （接电话）是我，首长……好，好，那是好事呀，听清楚了，坚决完成任务。

甲 主任，又有什么好任务了？

任 这任务我们可从来没干过，还真有点犯难。

乙 到底啥任务？我猜猜，肯定要打大仗了。

丙 不对，要是打仗，主任不是这反应。

甲 主任，你就不要卖关子了，快说说，急死我们了。

任 你们说，无论咱八路军，还是民兵武装，当前最缺啥？

众 （分说）那还用说，缺炮弹吗，缺粮食，缺士兵……

任　都有道理，都不对。

丁　缺指挥员呗。

任　是缺少司号员。

乙　啥是司号员？

甲　就是号兵。

任　首长说了，我们陵川地处太行之巅，境内千沟万壑、山高林密、地理位置隐蔽，是训练号兵的好地方。太行第八地委和八军分区首长指示，要我们组织号兵训练班，以解决抗日作战号兵紧缺的燃眉之急。

乙　说干就干，下任务吧。

任　指导员，你安排吧。

指　好，老张，你负责后勤和准备场地，保证学员的学习和生活，大致就选在平城一带；小李，你负责发通知征召号兵，政治素质、身体素质一定要过硬；老韩，你有吹号的基础，协助纵队派来的教练搞好教学工作。

众　是。

任　同志们，这项任务听起来简单，做起来难呀，可得多动动脑子。

众　保证完成任务。

三、号兵开班

（背景显示平城北街元阳观大庙号兵训练基地，配合显示夺火区号兵班学员花名表等）

师　随着抗战工作的全面深入开展，1943 年 10 月，陵川虽未完全解放，但陵川武委会负责主办的号兵培训班还是冒着风险如期开班了。陵川县档案馆，珍藏着一份 1944 年夺火区号兵班学员的姓名、年龄、参军年限等真实情况的登记表。

任 （吹哨集合，号兵站队）稍息，立正，同志们，今天，我们陵川号兵训练班就算正式开班了，军号是部队的特殊武器，号兵在战斗中起着举足轻重的作用，当一名好号兵可不容易，大家有没有信心？

众 坚决完成任务。

指 有一点我必须给大家说清楚，号兵虽然不扛枪冲锋，但在战场上是极其危险的兵种，也是敌人重点打击的目标，牺牲率极高，我把丑话说在前，你们有谁现在愿意退出还来得及，有没有？

众 没有！

任 好，下面由教练重点讲注意事项。（掌声）

教 大家要遵守教学纪律，每天坚持长跑，锻炼体力，早上起床后不准撒尿，憋着尿把号练完再上厕所，都听明白没有？

号1 那还不把人憋死了！

教 这是吹号的需要，憋死也得给我憋着，这是命令。

众 是。

号4 教练，你给大家吹个冲锋号听听，让我们先过过瘾。（教练吹冲锋号，背景显示战场上冲锋场面）

众 真来劲，真痛快。

号2 教练，我们几天能学会呀？

教 两三年吧。

号3 我才不信呢。

教 你吹个试试。（都吹不响）

教 饭得一口一口吃，号也得一点一点学，练习吹号，必须要先拔音，军号有5个基准音，我们要从最低的音符开始练习，直到号音饱满扎实稳定了，才能进行下一个音符的训练……

号1 这么麻烦，还不如扛枪打仗痛快。

教 扛枪打仗也没你想的简单，什么干好了都得一番功夫，注意纪律，既然来了，就不要说三道四了。大家看我，把嘴努起来，靠着嘴唇的振动把号吹响，就这样。今天先到这，大家下去好好练。

（大家七嘴八舌解散）

四、练号巧遇

（背景显示野外山地，喜子和其他几人跑来分别在小山包两边练习吹号，小玲听到后从远处走来）

喜　这玩意还挺难吹呢，本想着三下两下就学会了。

玲　比我纳鞋底还难吗？

喜　你那算个啥，我这可是军号。

玲　你牛啥，军号咋的了，吹响了才叫军号，我看呀，你就是缺乏耐心。

喜　哎哟，教育起我来了，缺不缺耐心关你啥事。

玲　就关了，就关了，怎么着吧！哎，你们为啥要跑10多里远来这吹号？

喜　主任说了不能惊动百姓，山上空气好，又安静，不扰民。

玲　号兵班都是多大年纪的人？要女孩吗？我的姐妹也想参加。

喜　我们班最大的也就20岁吧，最小的才13岁，至于你们吗肯定是不要不要的。

玲　美得你。哎，你叫啥？

喜　哎啥，我有名字。

玲　那你叫啥？

喜　查户口呢，我就不告诉你，小丫头，管得挺宽的。

号2　喜子，不好好练习，在那干啥呢？

号3　我看呀，是谈上了吧。

喜　别瞎扯，昂，小心我收拾你。

玲　我知道了，你叫喜子，我猜你16岁吧。

喜　能得你不行不行的，你叫啥？

玲　我也不告诉你。

喜　我会弄清楚的，小丫头。

玲　你教我吹号，行吗？

喜　不行，班上有纪律。

玲　我给你做鞋。

喜　值得考虑。

号2　喜子，到点了，该回去了。

号3　要不你就住这吧，我给你请个假。

喜　你等着昂。小丫头，我们集合了。

玲　我才不是小丫头呢，我叫小玲。

喜　小玲妹妹，再见。

玲　喜子哥，我会去平城找你学吹号的。（望着喜子他们远去，会心地笑……）

五、新婚出征

（背景显示喜子家并亮出"二年后"三字，布置桌椅等家具，小玲在家绣手帕）

喜　（拿着奖状进屋，用奖状捂住小玲的眼）你猜这是啥？

玲　（小玲顺手用手帕翻起盖住两人的头）你猜这是啥？

喜　我猜这是……（两人一段快乐欢喜动作）我在号兵结业比赛上获奖了。（炫耀）

玲　你是吹号标兵？

喜　那当然了，我会吹50多种号谱，发音到位，音色饱满，首长表扬我了。

玲　我看重的人还能有错？

喜　就是，这话我爱听。

（两人拉着手转圈，两名战士进屋）

号2　喜子，（看到后，不好意思）不、不碍你的事吧？

号3　进都进来了，还不碍事？

喜　没事，（指导员进屋）指导员好（敬礼），有事吗？

指　喜子，我来呢，是……

喜　报告指导员，有什么事尽管吩咐。

指　我是说，没事，没事……

号2　指导员说话从来都是干脆利落，今天怎么吞吞吐吐？

号3　指导员肯定有难事。

喜　指导员请说，喜子保证完成任务。

指　喜子，你俩也听着，刚接到上级指示，先过来告诉你一声，前方战事急需大量号兵，要求我们号兵班的学员后天出发，奔赴前线，正式投入战斗。

玲　后天就走？

指　是的，这也正是我为难的事，你们才刚结婚呀。

喜　没事，指导员。小玲，我要对不住你了。

玲　喜子，小玲我不是那不通情理的人。可是……

喜　我何尝不是呢，可你想想咱俩结婚那会儿说的话，你忘了吗？

玲　我没忘。

喜　咱们结婚那天的情景你还记得吗？

玲　记得，我一辈子都记得。

（背景显示40名号兵迎亲的场面）

咱俩结婚那天，首长专门安排40名号兵为咱迎亲，多有面子，多气派，谁结婚能有这么大的阵势。不就因为咱是号兵，首长想给咱号兵长脸吗！

玲　可不是嘛！

喜　小玲，我学习吹号为了啥，首长为了让我们安心学习，每天关心我们的生活，战士们缺衣少粮，可我们吃的穿的多好，还给我们发补助，不就是鼓励我们学好吹号，早日上前线杀敌人保家乡吗！

玲　这些我懂，就是心里头它……

指　是呀，小玲，你的心情我理解，有谁不想安居生活、享受天伦之乐呢？可是小鬼子不让我们安生呀，我们有多少战士英勇牺牲，多少家庭妻离子散，多少百姓惨遭杀害，甚至有的村庄血流成河……

玲　指导员，别说了，国破家亡的道理，我懂，战士们都有家，这些号兵也都有家，不都要上前线保家卫国吗？喜子，你就放心地去吧，我在家等着你们胜利的好消息，咱爸妈我会照顾好的，你保重，我等你平安归来……

（背景显示号兵吹号、部队冲锋打仗的战斗场面，从下向上滑动字幕：喜子名叫池连喜，陵川平城镇南坡村人，先后担任太行四分区 47 团 2 营营部司号员、平原省警 3 团 2 营营部司号员、66 军 589 团 3 营营部司号员；1952 年，他又作为营部通信兵随部队 2 次入朝作战，屡立战功；复员后他回乡参加当地社会主义建设，多次受到嘉奖）

六、时代号角

师　（背景显示相关数据和图像）

据不完全统计，1943—1949 年，陵川先后举办号兵训练班 32 期，共培养号兵 1700 多名，《陵川县志·烈士英名录》记载，陵川革命烈士 2461 名中有 389 名是号兵。他们分配在各个作战部队和地方武装，为抗日战争和解放战争做出了突出贡献。他们用青春和生命，吹响了八路军、解放军驱逐日本侵略者、消灭蒋家王朝的冲锋号，也吹响了中华民族欢庆解放、建设社会主义的前进号。

（背景显示社会主义建设场面，以红旗招展收尾，演员分批分方式上场）

此刻，我们再度瞻仰号兵塑像，嘹亮的军号声仿佛又在耳边响起。如今，前进的目标已然确定，时代的号角已经吹响，让我们沿着习近平新时代中国特色社会主义思想指引的金光大道……

众　继承先烈遗志，发扬光荣传统，传承号兵精神，重振革命雄风，向着建设社会主义现代化强国和第二个百年目标奋勇前进。（造型）

【谢幕】

情满信用村

时间：2020 年

地点：陵川某信用村

人物：李和花，女，信贷经理，简称李

赵主任，男，村委主任，简称赵

王大顺，男，专业户，简称王

王小花，女，学生，王大顺之女，简称花

老陈，男，村民，简称陈

【大屏背景：王大顺的房子】

【布场：王大顺院子摆放石桌、椅子、凳子等】

（汽车喇叭响，李和花上场）

李　　总算到了小花家，一次一个新变化，信贷扶贫有成效，我这心里呀，乐开了花。

花　　阿姨，你这顺口溜也是一套套的。

李　　这不跟你爸学的，不顺起来，你能说服了他。

花　　那倒也是。我问您个问题，可以吗？

李　　还可以吗，你个小叨叨，问了一路，还没问完呀！

花　　我就不明白，我家变好了，你高兴个啥？

李　　你家是阿姨我一手扶持的，你们好了，不就是我扶持得好吗？

花　那倒也是。春季开学时你到我们学校干啥了?

李　你这小机灵,监视你阿姨呢?

花　我哪敢,偶然看到的。

李　给我外甥女交了个学费。

花　谁是你外甥女?

李　查户口呢?保密。我问你,今年高考考得怎么样?

花　保密。阿姨,你请坐,我去叫我爸。

（花下场,村主任、村民上场）

赵　这年头,勤劳就能致富,致富要靠技术,技术还得靠项目。

陈　项目最终还得靠邮储银行的服务!

赵　（看陈一眼）这不,听说邮储银行的李经理来了,我来看看。

陈　我也来看看。（赵、陈进院）

李　赵主任,怎么把您惊动了?我准备一会儿到村委和你商量信用村升级的事。

赵　这说的是哪的话,你们银行为我们村做了那么多好事,（握手）我过来是应该的。

陈　太太应该了。

赵　（瞪陈,转对李）我们村里搞加工的、跑运输的、干养殖的都是靠着邮储银行的小额贷款致富的,这不,大顺家的蔬菜大棚已经获得收益了,你在我们这搞信用村建设算是对了!

李　是你们支村两委的工作做得好嘛!

赵　NO、NO,是你们服务三农的政策好,村民足不出户就能获得了贴心的金融服务。现在人们都想争当信用户了。

陈　我也想当……（赵瞪陈）我真想……

李　有积极性当然好,赵主任,要是再发展几户,你们村就能升 AA 级信用村了。

赵　可不吗，我也正想和你说这事呢！

陈　我也想说个事，我想办药材收购站，需周转金……

李　你的情况我们了解过，（递给陈一张表）你把这张表格填了，经过评估，就能办理贷款了！

陈　救星啊。（点头谢意）

王　（王和女儿上场）李经理，你简直就是花木兰重生、穆桂英出山、嫦娥姐姐下凡呐！

李　我成仙了。

王　我叫大顺，一直不太顺，多亏邮储银行送优惠，水有源，树有根，致富不能忘恩人。

李　这是我们应该做的。

王　李经理，赵主任，我的蔬菜长得那叫一个好，看着比老婆都顺眼，我家都不想回了。

花　爸——（示意不敢瞎说）

王　要不，你们也去看看。

李　好嘞，我们也去享享眼福。（全下场）

【背景大屏：天气突变，狂风大作，大雨如注，大棚倒塌……】
【后台布场：塑料、编织袋等物品散落一地，救灾人员雨伞飞落】

（**众人**：快快，把这个撑住，大家注意安全……）

（**话外音**：一场狂风大雨，王大顺的蔬菜大棚受到了严重损失。）

王　天不遂人愿呀，这可是全家的血汗，20万贷款呀，我可怎么还？我的老天爷呀，你还让人活吗？

赵　大顺，你要挺住，打起精神，会好起来的。

王　都成这样了，咋好呀，又要花钱，我去哪弄呀？

李　大顺，我看这样吧，钱我们想想办法，再请我们的信贷员帮你整修

013

情满信用村（情景剧）

大棚。

王　李经理，为了帮我脱贫致富，你们为我筹划大棚，贷款助我修建大棚，帮我收菜，还到商场联系卖菜……我这心里呀，真的过意不去，哪能再给你们添麻烦？

花　（难为情地）爸——这是我的大学录取通知书。

王　通知啥呀，哪还有钱给你交学费……

花　爸——

赵　大学肯定要上，可千万不能误了女儿的前程，咱村出个大学生不容易。

王　为了大棚，我满身都是债，上啥学呀……

李　大顺，不要怕，你是信用户，我向行领导汇报一下你的情况，放宽额度，追加些贷款，我再联系有关部门给小花办理助学贷款，大学一定要上啊。

王　李经理。

花　阿姨——您是好人，我知道了，您去学校是帮我交学费的。阿姨，我们家欠您的情，上大学后，决不辜负你们的心意，一定要好好学习，争取早日工作，保证把贷款和您的钱还上……

李　小花，我们相信你，不过我的钱就别提了，当个外甥女不乐意吗？

花　阿姨……

赵　看来，我们这信用村是建设对了。

陈　我就说嘛。

王　李经理，这两年你为了我们一家操碎了心，你真是我们农民的贴心人，我代表我们这些信用户谢谢你了！（鞠躬）

赵　邮储银行才是我们农民真正的朋友，我代表我们这个信用村向你们道一声：大家辛苦了！

【谢幕】

扶贫路上

剧中主人公郭子涵简介

情景说唱剧《扶贫路上》主人公郭子涵的父亲郭建平，曾担任陵川县附城镇台北村第一书记兼工作队队长，不幸因公殉职。23岁的郭子涵带着父亲尚未完成的遗愿，放弃考研深造的机会，积极投身脱贫攻坚第一线，带领村民共同努力，使台北村发生了翻天覆地的变化，用奉献精神书写了乡村全面脱贫奔小康的故事。她个人荣膺中国优秀青年的最高荣誉——"中国青年五四奖章"，以及"全国脱贫攻坚先进个人""全国三八红旗手"等国家级荣誉称号。

时间：2019 年 9 月

地点：陵川县附城镇台北村

人物：郭建平，男，51 岁，台北村扶贫第一书记，简称平

郭子涵，郭建平女儿，台北村扶贫第一书记，简称涵

郭建平妻，简称妻

群众若干（甲、乙、1、2、3……）

【场景一：台北村小广场，大屏显示小广场和远处郭书记办公室，大屏和实体相融合，内有一些石台阶、木头凳……场上坐一些聊天群众】

（两名群众读报纸）

甲　有需要的地方就有你的身影，

乙　有困难的家庭就有你的帮忙，

甲　因为你始终心怀百姓的疾苦，

乙　你时刻将群众脱贫作为责任担当。

甲　写得多好呀，郭书记，你听到了吗？你虽然走了一个月，可你的音容笑貌一直在我眼前浮现。

乙　你的亲切话语一直在我耳边回响，我总觉得你还在我的身旁……

1　（2推轮椅上场）郭书记，我要找郭书记……

2　别喊了，郭书记已经走了……

1　走哪了？我总想跟郭书记说说话、唠唠嗑，这心里边才踏实。

众　谁说不是呢，可是……

1　他把我安排在养老院，还总来看我，就像我的亲儿子一样。这些天了，他没来看我，我就来看看他，想告诉他不能太忙，不能累坏了身体……（咳嗽）

平　（郭幻影状上场）哟，大伙都在，大叔，没事，有人会去看您的，您就安心住着吧。

3　我做了心脏病手术，不能从事高强度劳动，郭书记鼓励我种植白皮松、连翘，今年收入3万多，要不是他，我现在的日子依然不好过呀，郭书记真是个大好人呐。

平　大兄弟，说这话可就外气了，这是我们应该做的，你过好了，我才能放心嘛。

4　自从买上智能手机，郭书记手把手地教会我俩上网交费、网上购物，可方便了，我们俩整天不亦乐乎，这不，还得学学怎么搞价。

平　水旺叔，你又忘了，你这旺可不是忘记的忘啊，再学学……

5　郭书记帮助我们卖了小米、核桃，还没来得及感谢呢，他怎么就……

6　　我住了半辈子破房，是郭书记要钱帮我修好的，住在这新房里，我时常想着郭书记的好，可郭书记也没抽空来家坐坐，郭书记呀，郭书记……

平　　只要大家兜里有了钱，不再住危房，我就心满意足了，这就是最大的感谢。

（郭慢慢下场消失）

2　　我知道，大家都念着郭书记的好，可郭书记他累倒了，撇下我们走了，真的走了……

（大屏显示远处郭书记办公室灯光亮）

4　　哎，大家看看，郭书记办公室的灯好像亮了。

众　　（议论）走，咱们看看去……

【场景二：郭书记办公室，墙壁有门窗，卧室门，标语，办公桌椅，沙发，床等】

涵　　（看日记）今天，157亩连翘和170亩白皮松育苗争取的20万元资金总算到位了，它覆盖了所有建档立卡贫困户；入股25.6万元，集体也有了收入；（边翻页边细看）街道脏乱、吃水问题、孩子上学、房子漏雨……哎，怎么啥啥都要管呀。

妻　　子涵，你在唠叨啥呀？（在床边收拾衣服）

涵　　原来我爸干了这么多事，怪不得顾不上回家。

妻　　不早了，闺女，快休息吧，明天还有很多事等着办呢，别念叨了。

涵　　妈，不看我怎么工作呀！（取走日记本）

妻　　这孩子，哎。

涵　　妈，爸的日记中记着好多事，他还没来得及完成，我得接着干呢，可就是不知从何做起……

妻　　子涵，妈知道，你每天看着远方发呆，看着日记发愁，就是心里放不下你爸，盼着你爸回来帮你。

涵　是呀，爸爸什么都满足我，顺着我，有爸在，我什么困难都能迎刃而解，可是现在爸爸不管我了……（音乐起）

妻　子涵，妈知道你想你爸，你是你爸捧在手心的宝贝，长这么大哪知道农村生活是怎样的，山沟里条件差，怕你不习惯，妈也怕你爸怪我，就辞职来这照顾你的生活，让你安心工作，帮你完成你爸的扶贫任务，实现你的心愿。你知道吗，你现在可是妈的全部，万一再把你累倒了，妈就太对不起你爸了……

涵　妈，我知道您的心意，我再也不是那个懵懂的子涵了，再苦再累我要替爸爸完成台北村扶贫的大事，还得替爸爸照顾好您，可您来到这里，万一把您给拖垮了，我又该依靠谁呀，女儿能对得起爸吗？……

妻　我的好孩子。

涵　妈……（音乐渐小）

2　（敲门声，室外音）是郭书记吗？

涵　谁呀？请进。

3　（众人进办公室）咱们走吧，这不是郭书记。

涵　我是郭建平的女儿，这是我妈，有啥事大家尽管说。

众　没啥事，没啥事……

涵　想起来了，我应该叫您爷爷吧，您的残疾证办好了，您收着，以后就能领残疾补助了。

1　你让我说啥好呢，我的好孙女。

涵　您应该是贺叔叔吧，这是给您捎的药，要记得按时吃药。

3　上次的药还没赶上给郭书记钱呢，这钱你拿着，闺女。

涵　叔，那是我爸的事，我不能收。你家的连翘长得怎么样？

2　咱不说工作了，不说了，回家我给你娘俩煮上热腾腾的饺子，先吃饱了睡好了，明天再说。

涵　叔叔，我是来接替爸爸当第一书记的，工作第一。再说了，我也不能到群众家里吃饭，这可是规定。

3　你呀，和你爸爸一样倔，只知道工作、工作……

4　郭书记为了我们村都那样了……说句不中听的话，你们呀，就不该来。

涵　叔叔，我上大学就加入了中国共产党，我深知一个党员应有的担当，爸爸的事业，我这做女儿的就应该接替完成，经济作物得扩大种植，观村的路还得抓紧铺好……

平　（幻影状上场）子涵，你有出息了，爸没白疼你一场，你能这样做，爸爸就放心了。

4　闺女，我的意思不是不想让你们来，是怕台北村的工作拖累了你们一家呀。

平　是我建平让大家操心了，我的工作没有做好，我的任务没有完成，今后，乡亲们要像帮我那样帮帮子涵，咱台北村的扶贫工作说啥都不能掉队呀，拜托大家了。

5　郭书记，您的工作做得很好，群众打心眼里感激您，子涵和她妈就是我们的亲人，我们一定好好帮子涵渡过难关，决不辜负您的期望。

平　这我就放心了，子涵，子涵她妈，你们可要照顾好自己呀。（慢慢下场消失，音乐起）

妻　（仿佛听到什么）子涵，你听，是你爸的声音。建平，你在哪儿？你在哪呀……

涵　爸，女儿知道你很辛苦，不会再缠你了，你曾说过，哪一天能吃上女儿做的面就好了，爸，你回来呀，我现在就给你做，好吗？爸，女儿刚走入社会，这一大堆工作你得教我怎么做呀，你不能说走就走了，我该怎么办，我妈该怎么办呀……

众　　郭书记，台北村的父老乡亲都在想念着您，你再看看我们呀，郭书记……

妻　　建平……

女　　爸爸……

（话外音）郭书记走了，他的生命，永远定格在 2019 年 8 月 2 日，定格在短暂的 51 岁，定格在扶贫路上……

【剧终】

古村新貌

时间：2020 年

地点：浙水村

人物：爷爷，70 多岁。

　　　孙女，20 岁。

　　　车夫，农家乐小老板，服务员，网红七七奶，导游，游客若干。

【场景一：大屏背景显示村口，有很多小汽车、黄包车、自行车、游客等，一辆小车从大屏由远及近行驶过来】

孙女　（刹车声，爷孙俩上场）到了，到了！山道弯弯路面光，绿树成行花草香，此生必行一号路，越走心里越舒畅。

孙女　爷爷，浙水到了，（爷爷向远张望）爷爷，您在看啥呢？

爷爷　你看这太行一号多美，真是车在路上行，人在画中游啊。

孙女　哎哟哟哟，我的爷爷呀，看美得您。

爷爷　刚才您说什么来着？

孙女　我说到浙水了。

爷爷　啥，这是浙水？不对不对，路这么好，村这么新，车这么多，人这么挤……

孙女　那您说的浙水是啥样？

爷爷　我印象中的浙水是：村庄破旧人稀少，道路不平灰土扬啊。

孙女 爷爷，今年呀，县委、县政府全力实施全域旅游、驿站进农村战略，像浙水、松庙等一批乡村驿站全面建成，村庄面貌发生了翻天覆地的变化。

（旅游团走过）

导游 各位游客，我们现在来到的是古镇浙水，浙水村位于晋豫两省交界处，毗邻长治壶关、河南辉县，美丽的自然风光，特殊的地理位置，优雅的生活环境，深厚的文化底蕴，让浙水村冠上了"山西省最美旅游乡村""国家森林乡村""中国慢生活休闲体验区""中国传统古村落"等美名……

爷爷 浙水变化这么大，游客这么多，唉，没想到啊！

孙女 浙水现在可是网红打卡地，来的游客不光有周边的，还有外省的……据说国庆一天就接待游客2万多人哩。

（一拉黄包车的上场，大屏显示黄包车在跑）

爷爷 这个黄包车我只在电视上见过。

车夫 大爷，需要车吗？

爷爷 不用，我年轻时最多坐个牛车、驴车什么的，坐这个不习惯。

车夫 好嘞。

（一赶驴车的上场，大屏显示驴车在跑）

赶者 驾——吁——

孙女 爷爷，您看，还真有驴车。

爷爷 小伙子，这玩意还有人坐？

赶者 有人坐，遇上长假还挨不上号呢。

爷爷 我年轻时，驴车就好比轿车。

赶者 现在这叫追忆美好时光，我在村上一转悠，这钱呀就到手，国庆节期间，我一天就挣了2000多块呢。吁……

爷爷 你慢点，别让这犟驴惊了客人。

赶者 放心吧，大爷。

（一小伙穿黄衣服、黄球鞋、戴黄帽、挎黄包骑自行车上场，女朋友在后座，歪歪扭扭地骑到爷爷身边）

骑者 哎，哎（河南口音）大爷，对不起。

女友 爷爷，您没事吧？

爷爷 没啥，小伙子，听口音不像本地人？

骑者 俺从河南来，听说浙水很火，俺们就过来看看。

爷爷 你这装扮像我年轻时候，小伙子，慢点骑。

骑者 中，玩去喽。

爷爷 哈哈哈……看到他们还真让我想起了自己年轻的时候，骑车带上你奶奶出门，可风光了。

孙女 奶奶一定觉得你很酷吧？

爷爷 嗯（不好意思），你奶奶是毛驴戴着红花娶回来的。

孙女 哈哈哈……，毛驴娶媳妇呀，爷爷，您……

爷爷 我……我…… 我呀，骑，牵毛驴。小调皮，占你爷爷的便宜。

【场景二：大屏显示阳马古道，卖烧烤、卖土特产，网络直播布场，各种叫卖声等热闹的场面】

孙女 爷爷，看阳马古道。

爷爷 哟，还真是热闹。

孙女 咦，直播网红七七奶。

爷爷 大姐，你鼓捣的这是……

七奶 自从浙水驿站开发以来，我既搞服务挣工资，又鼓捣直播挣外快，现在是网红七七奶，铁粉上了万。以前产品卖不出，萝卜地里烂，现在小米、花椒、木耳…有啥都能卖，萝卜做成萝卜干，卖的那叫一个快，十一直播5000多人看，一天就卖了1万块。

游客　奶奶，我在你直播间买过萝卜干，可好吃了。

孩子　嗯，太好吃了！

七奶　好，谢谢。

服务　大爷，您吃饭还是住宿？

爷爷　不用，不用，孙女，天不早了，咱们还是回去吧。

孙女　爷爷，还有好多景点没去呢，国家健身步道、百万庄园、页岩书屋……要不咱就住这吧。（大屏显示浙水驿站）

爷爷　唉，小心宰你。

店主　大爷，想哪去了，我们这是公司化经营管理，统一标准，统一定价。

服1　太行农事平台统一扫描结账。这里住得舒适，吃得可口。

服2　还可以看演出、听音乐。

众合　购土特产，选大礼包。

爷爷　好，这样的服务真好！

车主　现在浙水呀，今非昔比，鸟枪换炮了。

众人　（分说）在浙水，干得有奔头，玩得有劲头，游得有看头，住下有甜头。

孙女　回去呀，爷爷您。

众合　有想头，哈哈哈……

爷爷　浙水真可谓：自然好风光，历史久流长，

众合　文旅巧融合，最宜来康养。

（大屏闪动浙水欢迎您背景）

【谢幕】

奋进的一家人

时间:"一五"计划末期某周日

地点:某钢厂及喜子家

人物:父亲,男,60多岁,退伍军人,简称父

母亲,女,60多岁,退休工人,简称母

大喜,男,30多岁,钢厂工人,简称大

二喜,男,30多岁,建筑工人,简称二

大芳,女,20多岁,汽车工人,简称芳

小芳,女,20多岁,机场工人,简称小

大舅,男,50多岁,农民,简称舅

工人1、工人2……,简称1、2……

【大屏显示钢厂工人在高炉等处施工,烟囱冒烟,"实施'一五'计划 建设社会主义"标语及机器轰鸣场景】

【场景一:表现某钢厂工人生产繁忙景象的场面或舞蹈】

(1分钟左右,《咱们工人有力量》音乐)

父 (父母上场)"一五"计划真宏伟,"一化三改"是根本,任务指标完成好,全靠革命新一辈。

母 快走吧,别显摆你那点文采了。

父 心里头高兴,不行吗?

母　行，行，谁敢说不行。

父　我是觉着，国家百废待兴，大干快上，孩子们这一辈赶上好时代，就得多出力、多流汗。

母　谁说不是呢？

父　（看到干活的工人）小伙子，忙着呢？

1　首长，来看儿子，还是视察呀？

父　啥视察视察的，看你不行吗？

2　在上面呢（指炼钢高炉上的大喜），别找了。

母　还是小伙子有眼力见。

父　（对着大屏中炼钢高炉）大喜，中午回家吃饭。

大　爸，你说得对，中午还要加班。

母　你爸今天过生日，回去时买个蛋糕。

大　妈，你说啥，我为啥上这么高？不上不行呀，国家年产几百万吨的钢产量任务还指望着我们呢，需要加班加点连轴转，我是技术员，得按时检修，不能有半点差错。

父　对，好好检修，别听你妈的，我呀就是坐不住，随便看看，你忙，你忙……

母　我说在家给你过个生日吧，你非得出来看看，我这等于没说。

父　过啥生日，你没看见孩子们多忙？再说了，全国人民都在热火朝天大干第一个五年计划，我虽然退休了，用不上啥力气，在家心也不静呀，出来看看，我这踏实。

母　孩子们都说今年能赶回来，趁机给你过个生日，看来又不靠谱了。

父　孩子们忙呀，反正这几年咱也习惯了。

【大屏显示普通家庭客厅背景，台上布置桌椅并摆放收音机、报纸、酒壶、酒杯、水壶、水杯等】

母　到家了，（进家）顶多还是咱老两口过生日呗。

父　在家呀，你说啥是啥。（母下厨房）我可得关心关心国家大事（拿起报纸，兴奋表情），这几年真是：国家建设飞速快，天天都有喜讯传呀。

小　（提蛋糕回家，道具蛋糕做成七块）爸，我回来了。

父　哎哟，我的宝贝，还是我的小芳想着爸，让爸看看，瘦了。

小　没有。其实呀，哥哥、姐姐们都想着爸妈呢。

父　2 个多月没回了吧。

小　整整 3 个月了，我这还是有事出差。

父　给爸爸说说你那的情况。

小　保密。

父　小机灵鬼，我保密那会儿你还没出生呢。

舅　（拿土特产进家）姐夫，在家呢？今天总算碰上小芳了。

父　他大舅，你来得正好，今天是我的生日，你得陪姐夫好好喝两杯。

小　大舅，累了吧，您喝水。

舅　你妈呢？

父　下厨房了。

舅　我没问你。（小芳笑着下厨房）

父　问谁也是下厨房了。他大舅，听你姐说，你当官了？

舅　别听我姐胡咧咧，也就是个村支书。

父　不外乎你好一阵子没来呢。

舅　这不，我们农村呀都在发展集体所有制，成立了农业生产合作社、手工业生产合作社，农民劳动积极性空前高涨，百姓的生活芝麻开

花，农村的发展日新月异，社会主义改造成效显著……（说着比画，脚踩椅子，小芳和妈上场）

父 好啦，好啦……

母 这是哪来的演说家？

小 哎哟，舅舅说话一套一套的，当干部就是不一样。

母 你来也不打个招呼，我去接你。

舅 接啥，不接我也照样来。要不，谁陪姐夫喝两口？

父 就是，这话我爱听。

母 时候不早了，准备开饭，小芳，端菜去。

小 好啦，准备开饭了。（下场）

（大喜、二喜、大芳回家，小芳拿蛋糕上场）

大 爸，妈，总算提前干完了，我们回来了。

父 今天才算聚齐了，汇报汇报你们的情况。

母 当领导当上瘾了，孩子们还饿着肚呢。

父 那再去加两个菜。（母下场，父打开收音机，兄妹互相问候）安静，安静，到点了，我得先听听新闻。

（收音机声音）

男 各位听众，现在播报新闻和报纸摘要。

女 在党中央和伟大领袖毛主席的英明领导下，在全国各族人民的共同奋斗下，在三年国民经济迅速恢复的基础上，第一个五年计划圆满收官，各项任务指标超额完成。

男 （1957年）全国工业总产值达到783.9亿元，超过原定计划21%，重工业生产在工业总产值中的比重提高到45%；农业总产值达604亿元，完成原定计划的101%；交通运输飞速发展，全国铁路通车里程达到29862公里，比1952年增加22%，公路通车里程达到25万多公里，比1952年增加了1倍多……

女 生产资料所有制社会主义改造基本完成，祖国的面貌发生了翻天覆地的变化，人民的生活得到了显著改善……

男 据新华社通讯，国家"一五"期间重大工程项目也是捷报频传，继武汉长江大桥胜利通车，各大工程项目全部提前竣工，投入使用。

女 接下来播送《人民日报》评论员文章……（父关收音机）

父 真好呀！都听到了吗？

众 我们听到了，都听到了。

母 （拿酒上场）我也听到了。

大 爸，妈，你们知道吗，这几年，每当看到我们鞍钢飞溅的钢水，就像庆祝胜利的礼花，我作为建设者无比自豪。

二 当看到我们建筑的路桥连接全国、直通西藏，武汉长江大桥飞架南北，天堑变通途，我作为设计参与者是多么的骄傲。

芳 当我们长春第一汽车制造厂生产的第一辆国产汽车下线的时候，我眼里含着泪花，心想，自己在设计和装配上流下的汗水没有白洒。

小 当我国第一架国产飞机翱翔蓝天的那一刻，我们的泪珠哗哗掉下，我们小组没日没夜地计算数据，光草稿纸就堆了半屋，虽然很辛苦，但是很值得。

舅 是呀，我看到我们的农民朋友土地丰收，吃饱穿暖，就感到美满幸福。

母 俺老两口就是在家再盼上你们几年，我们也认了。

小 爸，您怎么哭了？

芳 我知道，是我们因为工作忙，3年没有给爸过生日了。

大 3年我们都没有好好团聚一回，我们把您老忽视了。

二 是我们儿女不孝，我们对不起您呀。

父 孩子们，你们都是好样的，你们对得起国家，就对得起爸，爸是激动，是为我们的国家高兴，为有你们这样的好儿女高兴。（激动得

站不稳状）

母　（扶住）他爸，你坐下，小心你那伤又犯了。

父　（缓口气）孩子们，爸觉得惭愧呀。

小　爸，您惭愧啥，想当年，您在战场上英勇杀敌，为人民的解放事业
　　屡立战功，我们都以您为荣。

父　那时，冲锋号一响，我带领战友们那个冲劲儿，哎，好汉不提当年
　　勇，如今我老了，不能和你们一样上前线，为国家做贡献，心里不
　　是滋味……国家需要你们，只要你们干出成绩，就是 5 年不回来，
　　我也高兴啊。

母　好了，不说了。孩子们回来一趟不容易，今天是全家团聚高兴的日
　　子，我们就一起分享生日蛋糕吧。

小　爸，您许个愿。

父　愿我们国家的发展越来越好，社会主义的蛋糕越做越大，人民分享
　　的幸福越来越多……

大　爸说得真好，来来来，大家举杯。（拿杯、拿蛋糕）

小　让我们全家共庆重大胜利，共享幸福喜悦。

芳　祝老爸生日快乐！

二　祝福我们伟大的祖国：

众　天天都有新发展，

　　年年都上新台阶。

　　五年一个大变化，

　　百年圆梦大中华！

【谢幕】

心愿

时间：现代

地点：李检察官家

人物：父亲，李检察官，60 岁，简称李

李妻，60 来岁，简称妻

李凤儿，李的养女，大学毕业，某报社记者，简称凤

【主场布景：李检察官院内】

【大屏上：一群年轻的检察官激情地走过，显现青春、英武……李迈着稳健的步子走着、看着……】

李　年轻真好！看到他们，就想起我刚走上检察岗位的时候，穿上了这身笔挺的检察服，戴上这庄严的国徽，我的心里充满了自豪和神圣！

妻　看到他们，好像就是昨天的事情。也是在这样一个美好的季节，你成为一名检察官，穿上了这身服装，戴上庄严的国徽，显得是那样帅气和伟岸。

李　今天，我就要退休了。这身检察服，我穿了整整 38 年！可我……还是舍不得脱下它。昨天，我把它熨了又熨，把检徽擦了又擦，退休了，尽管舍不得但也得脱啊，谁叫自己会老呢！

妻　唉，退吧！是该退了！退休了，再也不用面对那些卷宗，再也不用

面对各方的压力、干扰甚至恐吓和威胁。退休了，可以踏踏实实地吃饭、踏踏实实地休息。

李　没想到，真的要退了，反而吃不下、睡不着了！过去的人和事不断地在梦里缠绕着我……唉，这也许就是人们常说的，人老了，总喜欢怀旧吧？

妻　别想那么多了，退了，早晨可以到公园里锻炼身体，白天，种种花，养养草什么的，还可以读许多平时想读又没有时间读的书……这不正是我们曾经无数次盼望的生活吗？

李　38 年来，为了这身检察服，为了这枚检徽，我做了我应该做的，也付出了我所能付出的一切，甚至把生死之交的、有过救命之恩的战友都送上了审判台。应该说，我也没有什么可遗憾的了。

李　难道……（与妻一起说）难道这辈子真的没有遗憾吗？（李、妻叹气坐下）

（一群充满青春活力的少女在舞蹈，活泼而快乐）

李　我的凤儿也该有这么大、这么高了吧？她不肯见我，已经整整 10 年了，不肯认我这个爸爸了！

妻　咱老了，剩下的日子不多了，我不知道在有生之年还能不能见到咱的凤儿，再听她叫你一声"爸爸"！

【大屏上：充满旖旎的梦幻般的蓝色灯光，随着小女孩一串银铃般的笑声，一位父亲和一个头上戴着用花草编成美丽花环的十五六岁的女儿舞蹈着嬉戏。女儿追逐着父亲，二人边舞边下。女儿银铃似的笑声在舞台上回响：爸爸、爸爸、爸爸……李沉浸在梦幻般的回忆中，目光追随着他们，脚步不由自主地跟着他们……】

李　我的凤儿……

（李雪儿拉着行李箱上场，手里捧着一束鲜花）

凤　（迟疑地）请问……

李　（转头，打量，吃惊）你是?

妻　你是凤儿。

李　凤儿! （哽咽）真的是你吗?

凤　是我，（捧起鲜花）给。

李　这……（对妻说）凤儿给我送花了，不知是否会叫声爸。

妻　不叫也好，只要回来咱就放心了。

凤　今天是父亲节，我是特意赶回来看你们的。

妻　10 年啦，我……我没想到，你还会来看我们。

李　（激动地）谢谢，谢谢! 我对不起你，对不起……

凤　别说了，是我让你们费心了。

李　凤儿，你怎么了……

凤　大学毕业后，我当了一名记者，在一次采访中，我了解到十几年前，由于我亲生父亲犯罪行为而导致一幢住宅大楼倒塌造成人员严重伤亡的事实真相，我见到了那次大楼倒塌事件中父母双亡的孤儿，还有那些终身伤残的人，他们没有工作，不能组成正常的家庭。那一刻，深深地刺痛了我的心。当时，我才 11 岁，你把我的父亲送上审判台，母亲因为精神分裂症住院，虽然您收养了我，可是我无法接受那样的事实，现在，我才真正地理解您了。

李　也许，在你、在别人的眼里，我是个没有情感、没有亲情的人，甚至有人骂我是个忘恩负义的冷血动物。

妻　可是，有谁知道，那些日子里，你的内心、你的灵魂又是受到怎样的一种煎熬呀! （李低着头，陷入痛苦的回忆中。）

凤　您都有这么多白发了。

李　老了，你都这么大了。

凤　那您的身体……

李　　还行。凤儿，这么多年，你是不是一直在恨我？

凤　　我……

妻　　我知道，一定是，一定是，能不恨你吗！

凤　　不，我要是一直恨您，今天就不会回到您的身边了！

李　　谢谢你，凤儿，我……

凤　　您什么都不要说了，您做得对。我现在已经完全理解您了！

妻　　这 10 年，你到哪儿去了？你是怎么过来的？我们千方百计寻找你，
　　　可是……

凤　　我一个人跑到深圳，一边打工一边自学，后来，我考上了大学，我
　　　用打工积攒下来的钱和做家教的钱养活自己、供自己读书……

李　　（哽咽）都是我不好，我没有尽到责任呀，孩子。

凤　　不，是我不好，我……让你们伤心了！爸，妈，你们能原谅我吗？

李　　（激动地）你终于又叫我爸爸了！让你受苦了……凤儿，爸爸对不
　　　住你们一家。（潸然泪下）

凤　　爸爸，别这样……

李　　我不是一个称职的爸爸。

凤　　爸爸，你不要这样说，我理解您的心情，在我的心目中，您是这个
　　　世界上最好的爸爸！

李　　凤儿，从今天起，我就要脱下这身检察服了，可对我来说，这枚检
　　　徽，却深深地刻在了我的心里！在我的心中，人民的利益永远高于
　　　一切！就算是退休了，我也永远是一名——人民的检察官！

凤　　爸，是我太不懂事了，您是好样的。

李妻　（激动地）凤儿，我的女儿！

凤　　妈，爸！

【深情而悠扬的音乐响起，父母拉着女儿造型，谢幕】

034

<h1 style="text-align:center">党代会文艺晚会主持稿</h1>

一、开场词

女 尊敬的各位领导、各位来宾,

男 与会的各位代表以及现场的观众朋友们,

合 大家晚上好!

女 春光无限好,岁月更灿烂!时光快车满载着中国共产党建设事业沉甸甸的丰收与喜悦,迎来了建党百年华诞。

男 伟业耀千秋,盛世迎盛会!今晚,我们相聚在一起,热烈庆祝中国共产党 *** 第 ** 次代表大会胜利召开。

女 感谢有您一路相随,履行党代表的神圣职责,肩负全县党员的庄严重托,为全县的社会发展建言献策!

男 感恩有您一路相伴,在脱贫攻坚奔小康、实现我党第一个百年奋斗目标的征途上,砥砺奋进,怀揣梦想。

女 我们欢聚一堂,愿晚会激情的话语、动人的故事给您带来感动,带来关于"十三五"时光的美好回忆。

男 我们欢聚一堂,愿晚会优美的舞动、悦耳的歌声能给您带来鼓舞、带来有关"十四五"愿景的美好向往。

女 这里是 *** 第 ** 次党代会文艺晚会的演出现场。

男 我们愿为大会送上祝福,愿您度过今晚美好的时光。

（节目部分略）

二、结尾词

女 乘风破浪正当时，

男 直挂云帆向未来！

女 让我们在习近平新时代中国特色社会主义思想指引下，奋战"十四五"，朝着建设社会主义现代化强国和第二个百年奋斗目标大步向前进，铸造新辉煌。

男 让我们在县委、县政府的坚强领导下，在 ** 次党代会精神鼓舞下，围绕"六地四转、三区十园"发展方向，在新赛道上再出发，解放思想勇担当，共同谱写清凉绿色秀美幸福新陵川高质量转型发展新篇章。

女 我们坚信这次盛会必定是一次团结的大会、胜利的大会、奋进的大会，如巍巍丰碑，辉映过去，昭示未来。

男 我们衷心祝愿 *** 第 ** 次党代会取得圆满成功，真诚祝福各位领导、代表和朋友身体健康、万事如意，祝愿大家在各项工作中成果满满。

女 庆祝中国共产党 ** 第 ** 次代表大会文艺晚会圆满结束，请全体起立，让我们共同唱响《没有共产党就没有新中国》。

（播放《没有共产党就没有新中国》合唱旋律）

女 朋友们，

合 再见！

消夏文艺晚会主持稿一

陵川县 2019 年庆祝中华人民共和国成立 70 周年暨创建国家公共文化服务体系示范区 "共筑中国梦、唱响新陵川" 消夏文艺晚会主持词

节目一

甲　尊敬的各位领导、各位来宾，

乙　现场和电视机前的观众朋友们，

合　大家晚上好！

甲　金色的八月，秋高气爽，秋风如缕，秋水盈盈，秋梦依然，在这美好的季节，我们欢聚在 "共筑中国梦、唱响新陵川" 消夏晚会现场。

乙　火红的八月，欢歌笑语，清凉相伴，精彩动人，万民开怀，在这美好的夜晚，欢迎您光临 "共筑中国梦、唱响新陵川" 消夏晚会现场。

甲　今年（2019 年）是中华人民共和国成立 70 周年，70 年波澜壮阔，砥砺前行，祖国发生了翻天覆地的变化，中华民族实现了从站起来、富起来到强起来的伟大飞跃。

乙　今年是我县创建国家公共文化服务体系示范区的攻坚之年，通过创建活动，我县文化设施将极大改善，文化生活丰富多彩，服务水平大幅提升，文化事业蓬勃发展。

甲　今天，我们相聚在一起，共同为我们的祖国祝福，见证陵川建设的伟大成就，感受清凉古陵、秀美山川的独特魅力。

乙　今天，我们欢聚在这里，分享国家公共文化服务体系示范区创建成果，聆听欢畅感人的乐音旋律，欣赏动人的舞姿和艺术的美妙。

甲　本次活动由中共陵川县委宣传部主办、陵川县文化和旅游局承办，愿今晚的演出能给您带来快乐与感动。

乙　本次活动由陵川县人民文化馆、县融媒体中心、各乡镇协办，愿今晚的节目能为您送去祝福和欢乐。

甲　现在，"共筑中国梦、唱响新陵川"消夏晚会第四场演出正式开始。

乙　首先，请欣赏礼义镇选送的鼓乐《中国美》，有请礼义镇的朋友们上场！

节目二

甲　近年来，潞城镇立足"乡村振兴、转型发展"目标，全力描绘"四镇"建设蓝图，为群众创造了幸福安康的新生活。今天，他们用优美的舞姿，火红的灯笼，舞动百姓红火的日子，接下来请欣赏潞城镇选送的舞蹈《最美宫灯红》！

节目三

乙　夺火乡紧跟县委、县政府的战略部署，围绕"多彩太行体验园"目标，打造"千年古邑、多彩夺火"靓丽名片，全力建设清凉绿色秀美幸福新夺火！下面这个节目就反映了他们脱贫富裕后的幸福生活，请欣赏夺火乡选送的方言快板《五姐妹进城》，掌声有请！

节目四

甲　每个人都有难忘的童年，童年的往事就像天上的星星一样时常散发着迷人的光彩，下面就让大家伴随舞之梦艺术学校表演的舞蹈《童年》，一起回忆童年的美好时光，有请舞之梦的孩子们！

节目五

甲　说起我县的老干部，大家有很多的赞扬，他们老当益壮，不甘寂寞，办起了老年大学，成立了合唱团，组织了舞蹈队，不仅活跃了老年文化生活，还为大家带来了欢乐。

乙　接下来请欣赏老年大学老干部舞蹈队表演的舞蹈《月亮女神》，节目展现了老干部们的精神风貌和独特魅力。有请！

节目六

甲　表演唱是用说唱来讲述故事、塑造人物、表达思想感情的，最具地方特色，最富群众性。下面请欣赏平城镇选送的表演唱节目《千里平城在腾飞》。

节目七

乙　民族舞与爵士舞两种不同风格舞蹈的完美结合，定会擦出不一样的火花，表现出最美中国情，最炫民族风。接下来请大家欣赏夺火乡选送的舞蹈《最炫民族风》。

节目八

甲　我的祖国，高山巍峨，雄伟的山峰俯瞰历史的雪雨风霜。

乙　我的祖国，大河奔腾，浩荡的洪流冲过历史翻卷的漩涡。

甲　我的祖国，地大物博，孕育了瑰丽的传统文化。

乙　我的祖国，人民勤劳，56个民族相濡以沫。

甲　请欣赏小太阳舞蹈中心带来的芭蕾舞《我的祖国》。

乙　为祖国母亲献上我们衷心的祝福，有请她们上场！

节目九

甲　父亲，你用那宽厚的胸膛接纳我；母亲，你用那温柔的目光拥抱我。在那寂寞的荒野，在那遥远的地方，有我《父亲的草原 母亲的河》，有请礼义镇的李佳坤为大家演唱。

节目十

乙　京剧，作为我们的国粹，具有极致之美和独特艺术魅力，它让代代国人沉醉与痴迷。下面，请欣赏舞之梦艺术学校为我们带来的舞蹈《京韵花翎》，让我们从艺术的角度、舞蹈的力度，去欣赏京韵之美、文化之美！

节目十一

甲　下面伴随着《我的祖国》经久传唱的旋律，以及西河底村炫动奇迹舞蹈队舞动优美的风姿，共同祝愿我们的祖国国泰民安，繁荣富强。有请！

节目十二

乙　旗袍，是中华服饰文化中一朵靓丽的奇葩。它延续传统，承载文明，装点生活，备受人们青睐，现在请大家欣赏身着华丽典雅旗袍，迈着轻盈步伐的老干部们表演别具特色的模特走秀《闲庭俏步》！

节目十三

甲　和风细雨的时节，天地与人和。和气致祥的好人家，日子很温馨。我们尽情地歌唱，唱出陵川人民的奋斗豪情，我们尽情地欢跳，跳出陵川人民心中的欢乐！请欣赏平城镇选送的舞蹈《和谐中国》！

结尾

甲　欢歌笑语，今晚倍觉祖国亲；

乙　精彩舞韵，明天奋进新梦想。

甲　今天，我们在这里抒发了陵川扬帆启航的美好心声，为奋斗在脱贫攻坚、走向富裕之路上的全县人民加油鼓劲。

乙　明天，我们从这里出发，解放思想，凝聚共识，共同谱写陵川人民同心同德、谋求发展的崭新篇章。

甲　让我们在习近平新时代中国特色社会主义思想指引下，在县委、县政府的坚强领导下，以"全域旅游、全面小康"为统领，强化"四转"保障，主攻"六地"目标，夯实"三区"布局，打造"十园"载体，奋力实现清凉绿色秀美幸福新陵川宏伟蓝图，让陵川的明天更加辉煌。

乙　让我们再次感谢各位领导、来宾和电视机前的朋友们，祝大家身体健康、工作顺利、生活愉快、万事如意！

甲　今晚的演出到此结束。

合　朋友们，明晚同一时间，再见！

消夏文艺晚会主持稿二

陵川县 2019 年庆祝中华人民共和国成立 70 周年暨创建国家公共文化服务体系示范区"共筑中国梦、唱响新陵川"消夏文艺晚会主持词

节目一

甲　尊敬的各位领导、各位来宾，

乙　现场和电视机前的观众朋友们，

合　大家晚上好！

甲　又是一个郁郁葱葱的盛夏。

乙　又是一个美丽迷人的夜晚。

甲　今晚，是陵川县 2019 年庆祝中华人民共和国成立 70 周年暨创建国家公共文化服务体系示范区"共筑中国梦、唱响新陵川"消夏文艺晚会第五场演出的活动现场。

乙　晚会由中共陵川县委宣传部主办，县文化和旅游局承办、县文化馆、县融媒体中心和各乡镇、社会团体共同协办，您可在家里打开陵川电视台及关注陵川电视台微信公众号同步收看我们的晚会盛况，热诚地欢迎大家的到来。

甲　在这美好的夜晚，我们将感动和真诚交融在凉爽和温馨里，用嘹亮的歌声祝福我们美丽的华夏大地，为构建清凉古陵、秀美山川营造文化氛围。

乙 在这动感的夜晚，我们将欢乐和激情铺就在霓虹灯和星光里，用优美的舞姿释放美好生活的向往，为陵川全域旅游、全面小康建设加油助威。

甲 希望这台晚会能给大家献上一道精神文化大餐、一场文化视觉盛宴，带领大家走进清凉夏日的激情里。

乙 红红的是热情，灿烂的是笑容，震天动地敲起来的是咱威武的中国鼓。首先，有请探路者琴行为大家带来鼓乐节目《鼓舞中国》，有请！

节目二

甲 春天，漫山遍野盛开的连翘花，不仅是道靓丽的风景线，也是名副其实的"致富花"，采摘连翘已成为老百姓增收致富的重要渠道，下面，请欣赏我县倾力打造的优美动听、引人入胜的歌伴舞《连翘花》，由六泉乡选送！

节目三

女 有这么一个特殊人群，他们生活于城市，工作于城市，但在脱贫攻坚战役中，这些人扎根贫困山村，挥洒青春汗水，获得了村民的称赞，赢得了社会的好评，他们的名字叫"第一书记"。下面的节目正是第一书记的真实写照，有请马圪当乡的村民表演小品《红手印》！

节目四

男 下面这个节目把非物质文化遗产"钱鼓舞"贯穿始终，表达了人们对大自然的崇敬，对家乡的热爱，对生活的憧憬。接下来，就请繁树艺术培训中心的孩子们为我们表演舞蹈《月愿》，欢迎她们！

节目五

乙　送一程，又一程，依依不舍亲人走；泪满襟，心贴心，面带微笑挥挥手。下面请欣赏大众娱乐协会带来的舞蹈《十送红军》，为我们再现革命老区人民送别红军、军民依依不舍的情景。请欣赏！

节目六

乙　在党的十九大精神鼓舞下，陵川县委、县政府以"全域旅游、全面小康"为统领，以"六地四转、三区十园"为方向，确保我县重点领域特色工作走在全市前列，得到全县人民的夸赞。接下来，由西河底镇村民表演群口快板《口碑》，听听他们怎么说。

节目七

甲　翻过历史厚重的扉页，我们清晰地记得那带有刺骨朔风的峥嵘岁月！

乙　当历史的车轮碾到今天的时候，我们永远不会忘记那些抗日民族女英雄的光辉形象。

甲　以冷云为首的东北抗日联军8名女战士，为维护主力突围，弹尽援绝，最后依然决然地投入冰冷的乌斯浑河。

乙　这是发生在抗战时期的一个悲壮的故事。下面请玮玮舞蹈工作室真情演绎裙舞《八女投江》，掌声有请！

节目八

甲　舞蹈《中国美》集多种民族舞为一体，舞姿优美，舞曲动听，赏心悦目，有请繁树艺术培训中心的孩子们为大家表演舞蹈《中国美》！

节目九

乙　马圪当的山美、水美，风光无限。马圪当的旅游业一直是当地的重要支柱产业，如今，在县委、县政府的正确领导下，旅游业更是蒸蒸日上，蓬勃发展，以自己独特的风景文化展现出不一样的风采。有请马圪当乡带来的小品《太行江南旅游天堂》！

节目十

甲　《看秧歌》是由我们山西秧歌元素创编而成的经典舞蹈，它把山西女子娇、酸、哆、羞、嘎的民间特色淋漓尽致地发挥出来。下面有请玮玮舞蹈工作室带来的女子群舞《看秧歌》，表演者：路之源、牛琴欣等，请欣赏！

节目十一

乙　中国古人对骏马有着深厚的感情，"草枯鹰眼疾，雪尽马蹄轻"等千古名句，都道出了骏马奔跑时肆意飞扬的形态。著名作曲家黄怀海却用二胡乐曲表达了对于骏马的赞美，展现了蒙古民族在传统节日进行赛马的场景，下面请欣赏附城镇选送的二胡合奏《赛马》！

节目十二

甲　每段旋律都包含着儿女最深沉的爱，每个音符都荡漾着赤子最真挚的情，你看，一群美丽可爱的少女，身着白色的盛装，正款款向我们走来。让我们伴随她们的舞蹈《踏歌行》，放声歌唱，踏歌起舞。有请！

节目十三

乙 我们的祖国，走过了五千年的风风雨雨，孕育了无数的英雄儿女，书写了浩瀚的人类文明。今天，让我们用歌声抒发对伟大祖国的深深热爱，倾诉对伟大祖国的拳拳之情。下面由杨村镇村民为大家献上舞蹈《美丽中国》，有请!

结尾

甲 今夜欢乐开怀，美好的时刻总是那么短暂，

女 今宵秋风送爽，团聚的日子总是让人感动。

甲 赞盛世中国，我们倍感骄傲。让我们紧密团结在以习近平为核心的党中央周围，团结一心，鞠躬尽瘁，把我们的祖国建设得更加繁荣富强。

乙 展陵川风采，我们无比自豪。让我们在县委的正确领导下，埋头苦干、奋力拼搏，不断续写新时代美丽陵川高质量转型发展的崭新篇章。

甲 伴随着歌声与欢笑，我们今年的消夏晚会就要落下帷幕。本次活动得到了社会各界的大力支持，让我们以热烈的掌声向他们表示感谢!

乙 亲爱的朋友们，晚会到此结束，愿快乐常驻你我心中，愿大家今夜伴着歌声入眠。再次感谢电视机前的观众朋友们，感谢现场朋友们的光临!

合 朋友们，再见!

新年音乐会主持稿

陵川县"古陵之春"2019 年新年音乐会

甲　尊敬的各位领导、各位来宾，

乙　现场的观众朋友们，

合　大家晚上好！

甲　2018 年的脚步即将走过，我们怀念过去一年的欢笑与汗水。

乙　2019 年的钟声即将敲响，我们憧憬新的一年的收获和梦想。

甲　今年是我国改革开放 40 周年，40 年波澜壮阔，砥砺前行，祖国发生了翻天覆地的变化，中华民族实现了从站起来、富起来到强起来的伟大飞跃。

乙　今年是我县创建国家公共文化服务体系示范区的开局之年，通过创建活动，我县文化设施将极大改善，文化生活丰富多彩，服务水平大幅提升，文化事业蓬勃发展。

甲　今天我们相聚一起，庆祝改革开放 40 周年的伟大成就，共同聆听激动人心的悦耳歌声。

乙　今天我们欢聚一堂，共同打造国家公共文化服务体系示范区建设文化品牌，一起分享欢畅乐曲的美妙旋律。

甲　来宾朋友们，这里是"古陵之春"2019 年新年音乐会的晚会现场。我是晚会主持人 ***，对各位的光临，我们表示真诚的感谢！

乙　观众朋友们，这里是"古陵之春"2019年新年音乐会的晚会现场。我是晚会主持人＊＊＊，对大家的到来，我们表示热烈的欢迎！

甲　本次活动由中共陵川县委宣传部、陵川县文化局主办，愿今晚的歌声能给您带来快乐与感动。

乙　本次活动由县人民文化馆承办，更愿今晚的音乐能为您送去欢乐和吉祥。

甲　刚才是全音符合唱团和Hao音乐小乐队为音乐会献上的一首暖场曲，此时此刻，听着美妙飞扬的歌声，新年的气息扑面而来，让我们伴着悠扬的旋律，一起迎接崭新的一年！"古陵之春"2019年新年音乐会正式开始！

乙　现在站在台上的是陵川县全音符合唱团，它可以说也是美名在外，全音符合唱团作为一支非专业的群众性合唱团体，5年来走出了一条属于自己的音乐道路，在加强团队自身建设的同时，还曾多次代表我县外出开展文化交流活动，获得了多项荣誉，为繁荣我县群众文化事业做出了突出贡献。接下来，请欣赏全音符合唱团的大合唱《感受祖国》，指挥：＊＊＊，钢琴伴奏：＊＊＊，掌声有请！

甲　著名的作曲家黄海怀先生凭着自己娴熟的二胡演出技巧，把一首仅有4句16小节的民歌，演绎成一首风靡全国、响彻海内外的传世之作，这就是著名的二胡乐曲《赛马》，这首脍炙人口的乐曲把草原的辽阔美景和牧民的喜悦心情表现得淋漓尽致。下面请欣赏尤佳为我们带来的这段二胡独奏《赛马》！

乙　《外婆的澎湖湾》是一首曲调优美的台湾民谣，30多年前随着《阿里山的姑娘》《绿岛小夜曲》等一些流行歌曲一同广为传唱，歌声中浪漫而又温情的台湾风情画卷——向我们展开，接下来的时间里，让我们跟随几位音乐教师一起重温这段经典的台湾民谣《外婆的澎湖湾》。

甲　棋源风民乐团是一支长期活跃在我县，具有广泛社会影响力和深厚艺术内涵的文化艺术团队。这支队伍，拥有陵川县器乐的优秀艺术人才，他们本着弘扬传统文化、传承民族精神的宗旨，为我县文化事业的持续发展做出了积极的贡献。今天，他们将为大家带来一场具有震撼效果的视听音乐，陪伴大家度过一个温馨、热烈、欢快的夜晚。首先请欣赏他们带来的笛子协奏《扬鞭催马运粮忙》，借此机会，我给场下的观众介绍一下台上的指挥 ***，他是中国音乐家协会山西分会会员，晋城市音乐家协会理事，同时也是陵川文化馆的一名高级音乐教师，下面我们有请 *** 继续带领他的乐队为我们献上第二首器乐合奏、唢呐协奏《梁山随想》。

乙　我们今晚的观众可真是来着了，接下来将要上台的这位啊，我给大家隆重介绍一下，***，中国声乐学会会员、中国音乐剧协会会员、晋城市音乐家协会副主席，曾在民族歌剧《小二黑结婚》中扮演小芹，荣获首届中国歌剧节优秀表演奖、第十届全国村歌大赛展演歌手金奖、山西省第十三届杏花奖、山西省音舞比赛一等奖，我们掌声有请 *** 为大家带来《锦绣前程》。

甲　《泉水叮咚响》这首歌曲脍炙人口，其旋律优美、委婉动听且富有浓厚的抒情寓意，在改革开放初期一经唱出便不同凡响，这首歌曲如破冰般地开创了我国爱情流行歌曲的先河，接下来我们有请全音符合唱团的朋友为大家带来这首女声小合唱《泉水叮咚响》。

乙　下面这个节目，Hao 音乐小乐队以独特的组合形式，器乐与人声的和谐融合，给我们带来不一样的视听效果，请欣赏他们演奏《刀剑如梦》。

甲　西溪自古以来，既是文人墨客频顾之地，更是庶民百姓崇尚孝道文化的圣地。西溪以春色美丽著称，历代文人多有吟诵。"西溪春色"成为"陵川古八景"之一。近年来，县委、县政府在推进旅游产业发展中，完成了 5 公里西溪旅游循环公路、西溪生态园和景观水系建设，建成了植物园、牡丹园、采摘园，造就了西溪的生态绿色美景。接下来，让我们一起用歌声去游览、欣赏我们陵川的《美丽西溪》。

10 接下来将要登台演唱的这位啊，我也得给大家好好介绍一下，今年他受省、市文化部门委派来我们县文化局实施"三区"人才支持计划，他是晋城市两大合唱团快乐音符和太行风的团长，还是山西省"杏花奖""金钟奖"两项音乐大奖的获得者，他就是晋城职业技术学院艺术系声乐教师王晓伟。今天王老师也来到了晚会现场，现在有请他为大家带来一首男声独唱《梦中的兰花花》。

11 我们的王老师呢，不仅人长得帅，歌唱得好，演技也是相当了得。大家可能不知道，王老师曾在歌剧《小二黑结婚》当中饰演小二黑这个角色，其精湛的演技获得了观众的一致好评，今天小二黑是演不了了，但歌还是可以多唱，你说呢，王老师？有请 *** 和王老师对唱《看山看水看中国》。

12 有这么一群狂热的音乐人，他们创作的方言单曲《欻狗是个甚》当日点击量突破 50 万人次。2019 年 3 月，他们这群音乐逐梦人用传统乐器演奏世界名曲，再次刷爆了微信朋友圈。他们用音乐生动地诠释了青春年少的狂热与追逐梦想的执着，接下来，我们有请种子乐队为大家带来歌曲串烧《我爱你中国》。

13 有句话说得好，"事成于和睦、利生于团结"。25 万陵川人民在县委、县政府的正确领导下，心手相牵、守望相助，牢记使命、不负众望，在实施"11613"发展战略、坚决打赢脱贫攻坚这场硬战上，描绘出了一幅同心同德、共奔希望的动人画卷，接下来请欣赏大合唱《在希望的田野上》。

结束语

甲　欢歌笑语，今晚倍觉新春暖；

乙　精彩乐章，明天和韵家乡亲。

甲　今天，我们在这里欢聚，新年音乐会唱出了陵川扬帆启航的美好心声，为奋斗在脱贫攻坚、追求富裕之路上的全县人民加油鼓劲。

乙　明天，我们从这里出发，解放思想，抢抓机遇，转换思维，凝聚共识，共同谱写陵川人民同心同德、谋求发展的崭新篇章。

甲　让我们在习近平新时代中国特色社会主义思想指引下，在陵川县委、县政府的坚强领导下，紧紧围绕"三件大事"，大力推进"11613"发展战略，"大美古陵　小康陵川"的壮丽事业将更加辉煌。

乙　"古陵之春"2019年新年音乐会到此结束。我们再次感谢各位领导、来宾和朋友的光临，祝大家工作顺利、生活愉快、万事如意，身体健康！

合　朋友们，再见！

综艺晚会主持稿

陵川县"同心奔小康　奋进新时代"综艺晚会主持稿

一、开场舞《花开盛世》演出

（主持人中间上场）

女　尊敬的各位领导、各位来宾，

男　亲爱的父老乡亲及现场的观众朋友们，

合　大家晚上好！

女　时序更替，岁律更新，时光快车满载着陵川建设事业沉甸甸的丰收与喜悦，即将驶过美好的 2020 年。

男　风雨同舟、逆行而上，面对百年不遇的新冠肺炎疫情，我们团结一心，驱散了阴霾，筑起了疫情防控的坚固长城。

女　感谢有您一路相伴，我们在脱贫攻坚全面奔小康的道路上，怀揣梦想，一路向前。

男　感恩有您一路相随，我们在新时代建设事业中，砥砺前行，追梦奋进。

女　在我国实现第一个百年奋斗目标的关键时期，我们欢聚一堂，愿晚会激情的话语、动人的故事能给您带来感动，带来美好的回忆。

男　在总结"十三五"、跨越"十四五"的大好时候，我们欢聚一堂，愿晚会优美的舞姿、悦耳的歌声能给您带来欢乐、带来美好的向往。

女　这里是陵川县"同心奔小康　奋进新时代"综艺晚会的演出现场。

男　愿今晚的晚会能给您的生活带来吉祥，陪您度过美好的时光。

（舞蹈结束后演员退场）

二、女声独唱《我的家乡在太行山上》

女　一段欢快的舞蹈《花开盛世》拉开了晚会的序幕，把我们融入了晚会热情的海洋，接下来为大家献上一曲女声独唱《我的家乡在太行山上》，演唱：***，请欣赏！

三、音乐剧《七仙女云游王莽岭》

男　近年来，县委、县政府大力发展旅游事业，松庙驿站建设成效显著，景区建设如火如荼，特别是王莽岭景区经过全面改制、整治提升，那景观更美了，真可谓"此景只应天上有，王莽岭更胜一筹"，这不，还惊艳了上天，引来了《七仙女云游王莽岭》，请看，她们来了！

四、舞蹈《古陵俏丫丫》

女　有这么一群活泼可爱的姑娘，她们用舞蹈语言在各类舞台上展现了古陵姑娘的青春活力，舞动了自信与魅力，获得了奖项，赢得了掌声。

男　接下来有请一群魅力四射、俊俏可人的姑娘们，她们用优美的舞姿、飞扬的激情，为大家表演舞蹈《古陵俏丫丫》！

五、情景剧《扶贫路上》

男　在脱贫攻坚的伟大事业中，涌现出了很多先进典型，他们的事迹可歌可泣，荡气回肠，情景剧《扶贫路上》将勾起我们真实的回忆，

综艺晚会主持稿（主持词）

让我们回味感人肺腑的扶贫故事，请欣赏！（情景剧结束后紧接男声独唱《扶贫路上》）

六、曲艺说唱《转型发展蹚新路》

女 刚才的情景剧《扶贫路上》和那首动人的歌声，表达了我们对脱贫攻坚伟大事业中像郭建平一样战斗在扶贫路上的第一书记、扶贫干部们的崇高敬意，下面让我们用热烈的掌声，再次对他们表示诚挚的感谢和亲切的问候。

男 习近平总书记在山西提出"在转型发展上率先蹚出一条新路来"的重要指示，为山西实现转型发展、奋力推进社会主义现代化建设指明了前进方向，提供了根本遵循。县委、县政府牢记嘱托，坚定扛起重大历史使命，以转型发展为纲，以敢为人先和换道领跑的姿态，在"率先"上抢先机、在"蹚出"上下苦功、在"新路"上勇探索，在"脱贫"上攻难关，乘势而上，转型发展蹚新路，书写陵川新篇章！

七、歌舞《抗疫，我们一起出发》

女 2020年是不平凡的一年，面对百年不遇的重大疫情灾难，全国人民同舟共济，无所畏惧，积极响应党和祖国的召唤，打起背包，并肩上阵，逆行而上，各行各业齐动员，我们一起出发。

八、舞蹈《鼓擂太行》

男 接下来上场的这支队伍，可谓是活跃于陵川各大舞台，曾多次代表陵川县参加省、市各种舞蹈比赛，并获得骄人的成绩。今天他们来到现场，用他们手中的扇鼓为我们展现太行山的钟灵毓秀、峰回路转。接下来，有请我们魅力四射、俊俏可人的姑娘们，她们用优美的舞姿、飞扬的激情，为大家表演舞蹈《鼓擂太行》！

九、小合唱《我和我的祖国》

女　"我歌唱每一座高山，我歌唱每一条河，我和我的祖国，一刻也不能分割"，这首耳熟能详的歌，永远铭记我们的心窝，让我们用饱满的激情再度唱响《我和我的祖国》！

十、音舞快板《太行一号好风光》

女　今年，一说起旅游公路，大家脑海里就会闪现这样一个热词——太行一号。它成了一条网红路，成为旅游的打卡地。

男　太行一号公路真可谓无人不知，无人不晓，太行一号为什么这样"红"，咱听听姑娘们怎么说。

十一、京剧《我的古陵　我的梦乡》

女　我的古陵历史悠久，我的古陵文化深厚，我的古陵人民勤劳，我的古陵充满梦想。

男　接下来请欣赏 ***、*** 为大家演唱戏歌《我的古陵　我的梦乡》，掌声欢迎！

十二、《我们的生活充满阳光》

女　县委、县政府在改革开放和经济建设事业中，坚持以人民为中心，改善人居环境，社会各项事业有了长足发展，人民生活水平有了大幅提高，陵川发生了翻天覆地的变化。

男　想想过去，看看现在，我们的生活真是喜事多多、幸福满满，就像下面这诗朗诵说的那样——《我们的生活充满阳光》。

十三、歌伴舞《走在希望的新时代》

女 每一寸山河都是最美的色彩，每一个百姓都有最美的期待，缤纷的希望就像花一样盛开。

男 让我们情满怀，梦召唤，聚力量，创未来，伴着这嘹亮的歌声、奔放的舞蹈，走在希望的新时代。

结束语

女 旧岁已展千重锦，

男 新年更进百尺竿。

女 赞古陵辉煌，我们倍感骄傲。在今后的征程中，在转型发展的道路上，尽管有许多坎坷和挑战，但我们对未来充满希望，我们的前途无限光明。

056

乙 展陵川未来，我们无比自豪。让我们在习近平新时代中国特色社会主义思想指引下，在县委、县政府的坚强领导下，以"全域旅游、全面小康"为统领，围绕"六地四转、三区十园"发展方向，团结一心，奋力拼搏，谱写清凉绿色秀美幸福新陵川高质量转型发展新篇章。

女 美好的时光总是那么短暂，愿今夜歌声伴您入眠。我们在此感谢各位领导、来宾和朋友的光临，感谢所有为晚会辛勤付出的演职人员。

男 明天的生活总是充满梦想，愿快乐常驻你我心中，我们衷心祝愿观众朋友们及全县人民工作顺利、身体健康、万事如意、生活愉快！

女 陵川县"同心奔小康 奋进新时代"综艺晚会圆满结束。

合 朋友们，再见！

山西省太行书会品牌行活动启动仪式

尊敬的各位领导、来宾、朋友：

大家上午好！

八月的陵川天高云淡，气候清爽；

八月的古陵山清水秀，鲜花遍地。

在这美好的时节，在今天这个喜庆的日子里，陵川曲艺队孩子们的一曲欢快鼓乐，拉开了山西省太行书会品牌行活动启动仪式的序幕，这铿锵的鼓点和欢快的音乐，表达了陵川人民和平城百姓对山西省太行书会品牌行活动的热切期盼。

今天，太行之巅，景色秀美，幸福祥和，我们相聚在陵川平城文化广场，隆重举行山西省太行书会品牌行活动启动仪式。

今天，欢乐与掌声相连，喜悦与信心相伴，衷心祝愿太行书会品牌扎根陵川，辐射三晋，影响全国，祝山西省太行书会品牌行活动取得圆满成功。

山西省太行书会品牌行活动启动仪式现在就要开始了，有请参加会议的各位领导上台就位。

有请 *** 同志主持今天的启动仪式。

第八届太行书会闭幕式

尊敬的各位领导、来宾，亲爱的朋友们：

大家上午好！

金色十月，中华大地红旗招展，欢声笑语，人们都在颂扬着祖国建设 70 多年来取得的伟大成就。

金秋十月，神州山河万紫千红，遍地金黄，百姓都在分享着辛勤耕耘所结的硕果，又是一个丰收年的喜悦。

文化事业百花齐放，繁荣发展，精品层出，呈现出一派欣欣向荣的景象，让文化人深感欣慰。

曲艺之花茁壮成长，竞相开放，艳丽多彩，成为文艺百花园中的一朵奇葩，令曲艺人倍感骄傲。

欢乐与书会相连，在这美好的时节，太行书会如期举行，我们相聚在景色秀美的太行之巅——陵川平城文化广场，共同欢庆太行书会 8 周岁生日。

喜悦与曲艺相伴，在这大好形势下，我们坚信伴随着太行书会及品牌行活动的开展，太行书会品牌定能扎根古陵，辐射三晋，影响全国，发扬光大。

本届太行书会曲艺表演异彩纷呈，掌声不断，铿锵的鼓点和悠扬的曲调，为广大观众带来了无尽的欢乐。

本届太行书会活动亮点频频，新品绽放，高潮迭起，取得了圆满成功，为观众献上了一场丰盛的"曲艺盛宴"。

第八届太行书会暨太行书会品牌行巡回演出闭幕式即将开始，有请参加会议的各位领导上台就位。

有请 *** 同志主持今天的闭幕式。

庆祝中国共产党成立100周年暨2021年群众文化系列活动启动仪式

男 尊敬的各位领导、来宾，

女 女士们，先生们，

合 大家上午好！

男 五月的古陵花红柳绿，莺歌燕舞，

女 五月的古陵姹紫嫣红，百鸟争鸣，

男 陵川大地暖风唱和，厚重的土地放声歌唱，歌唱中国共产党的丰功伟绩。

女 太行之巅五彩缤纷，巍峨的群山振臂欢庆，欢庆中国共产党的百年辉煌。

男 我们党百年奋斗绘就的巨幅画卷，每一抹色彩，每一个画面，都是那样令人向往。

女 我们党百年历程谱写的雄壮乐章，每一段旋律，每一个音符，都是那样激越高亢。

男 一百年岁月峥嵘谱华章。我们在党的英明领导下，夺取了脱贫攻坚的伟大胜利，走进了社会主义建设的新时代，实现了全面小康。

女 一百年沧桑巨变铸辉煌。我们在党的光辉指引下，迈着矫健的步伐，走在了实现社会主义现代化和第二个百年奋斗目标的征程上。

男 在这美好的日子，我们相聚在陵川县全民健身公共体育场，隆重举

行群众文化系列活动启动仪式。

女 在这欢乐的时节，我们相聚在陵川县全民健身公共体育场，热烈庆祝中国共产党百年华诞。

男 陵川县庆祝中国共产党成立 100 周年暨 2021 年群众文化系列活动启动仪式即将开始。

女 本次仪式由 *** 主持，让我们共同祝愿今天的大会取得圆满成功！

在第七届太行书会开幕式上的讲话

尊敬的各位领导、来宾、观众朋友：

大家下午好！

在这秋高气爽、硕果飘香的季节，在这阳光灿烂、充满希望的金秋，在中华人民共和国 70 年华诞的大好时节，第七届太行书会今天就要在此隆重开幕了。首先，我代表太行书会筹办单位向大家的到来表示热烈的欢迎；向晋城市各县区及外地前来参加太行书会活动的曲艺界代表们表示真诚的感谢；向对这次活动给予大力支持的有关单位表示崇高的敬意！

第七届太行书会是由山西省音乐舞蹈曲艺研究所、晋城市文化和旅游局、陵川县文化和旅游局主办，陵川县人民文化馆、陵川县盲人曲艺宣传队承办，晋城市文化艺术研究院精心指导的。它是我们陵川曲艺界的一次盛会，是晋城市民间曲艺人向往的"圣地"，也是人民群众聆听说唱、享受曲艺艺术的"天堂"，成为晋城曲坛独具特色的一朵奇葩。

陵川历史悠久，文化灿烂，在中国特色社会主义文化大发展、大繁荣的今天，陵川县第七届太行书会的举办，意义非同寻常，不仅打响了创建国家公共文化服务体系示范区的一项文化活动品牌，给广大人民群众带来了文化艺术的精神盛宴，而且对于传承民俗民间文化，扩大陵川的影响力和知名度，推动陵川文化事业的发展具有重要意义，必将促进晋城市乃至全省曲艺事业的振兴、繁荣和发展，更为中华人民共和国成立 70 周年献上曲艺界的一份厚礼。

曲艺，作为说唱艺术，具有浓郁的民族风格和地方特色，形式多样，种类繁多，扎根于民间，流传于民间，服务于社会，服务于人民，深受广大群众的喜爱。本届太行书会的举办，将为广大曲艺表演者提供交流和学习的平台，对于提高我市曲艺艺术的创作表演水平、发现和培养曲艺艺术优秀人才，必将起到积极的推动作用，衷心希望各县区参赛选手通过展演进一步切磋技艺、展示风采、增进友谊，为继承和弘扬民族曲艺文化，为太行书会增光添彩做出应有的贡献。

在迈向新时代文化强国的伟大进程中，曲艺艺术在传承民族文化、弘扬民族精神、满足人民群众文化需求、建设社会主义精神文明方面发挥着独特作用，我们要以此次活动为契机，进一步把太行书会这一文化品牌发展好、宣传好，把曲艺这一非物质文化遗产保护好、利用好，使其成为拓展提升曲艺文化的靓丽名片，成为推动曲艺文化产业发展的新亮点。

让我们衷心祝福伟大的祖国更加美好；祝愿曲艺文化源远流长，曲艺艺术生机盎然，曲艺发展枝繁叶茂，曲艺事业百花齐放；祝愿第七届太行书会活动取得圆满成功；祝愿各位领导、来宾，曲艺界的朋友们身体健康、万事如意、事业有成！

谢谢大家！

2019 年 10 月 9 日

山西省太行书会品牌行文化活动启动式

尊敬的各位领导、来宾、朋友：

大家上午好！

在这硕果飘香、充满希望的季节，在这山清水秀、秋高气爽的古陵，山西省太行书会品牌行文化活动今天就要在美丽的陵川平城隆重启动了。感谢省、市领导、来宾在百忙之中莅临大美陵川指导工作，你们的到来是对陵川文化工作的极大支持，是对曲艺事业的莫大关怀，在此，我代表陵川县委、县政府对各位领导的到来表示热烈的欢迎！向各地前来参加山西省太行书会品牌行文化活动的曲艺界朋友们表示真诚的感谢！向对这次活动给予大力支持的有关单位表示崇高的谢意！

说起太行书会，我们会对陵川县盲人曲艺宣传队这个群体油然而生地产生敬意，在这个值得庆贺的特殊日子里，我们欢聚一堂，共同回首太行书会和陵川县盲人曲艺宣传队所走过的光辉历程。陵川县盲人曲艺宣传队自成立70多年来，历练人生千辛万苦，尝尽人间冷暖辛酸。他们凭着一根盲杖一步一个脚印，将党的声音传播到千家万户；他们用心中的明灯坚守着"太行文艺轻骑兵"的价值和信念，用感恩的心谱写了一曲曲歌颂党的政策、歌唱改革开放的赞歌；他们不忘初心，身残志坚，顽强拼搏，砥砺前行，演绎了一曲曲荡气回肠的时代壮歌，推出了一批批深受基层人民群众喜爱的曲艺作品，多次获得"群星奖""杏花奖"等奖项，成为享誉全国的特殊专业文艺工作者群体，被国务院授予"残疾人之家"。

他们 2012 年发起的太行书会活动，得到了省、市文化部门特别是省音乐舞蹈曲艺研究所的大力扶持，现已成功举办了 7 届，太行书会既传送艺术精品和开展文化惠民活动，又传播正能量和展现时代新风貌，起到了寓教于乐、激励社会、鼓舞人民之目的。太行书会已成为曲艺艺人向往的"圣地"，也是人民群众聆听说唱、享受曲艺艺术的"天堂"，堪称曲坛一朵奇葩，并成为享誉三晋的曲艺文化品牌。

山西省太行书会品牌行文化活动的启动，将为太行书会提供一个更广阔的舞台，更多曲种的加入，将使太行书会品牌发扬光大，将曲艺的火种传遍大地，传向未来。我们也将以这次活动为契机，认真学习和借鉴各兄弟县区的先进经验，取长补短，开拓创新，把曲艺队的精神发扬光大，把太行书会办出特色，办成曲艺界的一场盛会，让曲艺艺术事业开出绚丽之花、结出丰硕成果！

再次对所有参加这次活动的领导、来宾、朋友和曲艺界的同志们表示热烈的欢迎和深深的谢意，祝山西省太行书会品牌行文化活动取得圆满成功，祝各位领导、来宾，与会的朋友们身体健康、工作顺利、事业有成！

谢谢大家！

在第八届太行书会暨山西省太行书会
品牌行活动闭幕式上的讲话

尊敬的各位领导、来宾、观众朋友：

大家上午好！

在这秋高气爽、硕果飘香的美好季节，在中华人民共和国成立71年和中秋团圆的大好时期，第八届太行书会暨山西省太行书会品牌行巡回演出活动今天就要闭幕了，在此，我代表太行书会筹办单位向在百忙之中前来参加活动的领导、来宾们表示热烈的欢迎；向省、市、各县区及外地前来参加太行书会活动的曲艺界朋友们的倾情演出表示真诚的感谢；向对这次活动给予大力支持的有关单位致以崇高的敬意。

太行书会从2012年创办以来，在陵川县盲人曲艺宣传队的精心呵护下，在各级领导的关心和支持下，从开始的几个曲种发展到现在的几十个曲种，从开始的邻近县区到现在的全省20多个市县区参加，从开始的县级到现在的省、市、县三级共同举办，规模越来越大，声誉越来越高，是盛开在我省曲坛独具特色的一朵奇葩，已成为山西省曲艺说唱和晋城市创建国家公共文化服务体系示范区的文化活动品牌。

第八届太行书会暨山西省太行书会品牌行活动由山西省文化和旅游厅指导，山西省艺术研究院、晋城市文化和旅游局、陵川县文化和旅游局主办，陵川县人民文化馆、陵川县盲人曲艺宣传队承办。本届活动的举行，不仅对于传承民俗民间文化，扩大陵川的知名度和影响力，推动陵川文化事业的发展，促进我县乃至全省曲艺事业的振兴、繁荣和发展具有重要意义，更为中华人民共和国成立 71 周年献上曲艺界的一份厚礼。

我们欣喜地看到，太行书会活动已成为全省曲艺界的一次盛会，民间曲艺人向往的"圣地"，人民群众聆听说唱、享受曲艺艺术的"殿堂"；深切地体会到，广大曲艺表演者在此交流学习、切磋技艺、展示风采，不仅提高了曲艺艺术的创作表演水平，而且还发现和培养了曲艺艺术优秀人才。各地参赛选手通过展演活动，进一步增进了友谊，凝聚了人心，增强了文化自信，为继承和弘扬民族曲艺文化和发展壮大太行书会做出应有的贡献。

曲艺说唱艺术具有浓郁的民族风格和地方特色，形式多样，种类繁多，扎根于民间，流传于民间，服务于社会，服务于人民，深受广大群众的喜爱，在迈向新时代文化强国的伟大进程中，曲艺艺术在传承民族文化、弘扬民族精神、满足人民群众文化需求、建设社会主义精神文明方面发挥着独特作用。"青山望不断，任重而道远。"闭幕不是终点，发展曲艺事业仍需我们付出长期的努力，陵川要借助此次活动的东风，发扬太行书会的精神，进一步把太行书会这一文化品牌发展好、宣传好，把曲艺这一非物质文化遗产保护好、传承好，使其成为拓展提升曲艺文化的靓丽名片，成为推动曲艺文化产业发展的新亮点。

让我们衷心祝福伟大祖国建设事业蒸蒸日上、人民生活更加美好；殷切期望曲艺文化源远流长，曲艺艺术生机盎然；热烈祝贺第八届太行书会暨山西省太行书会品牌行巡回演出圆满收官；真诚祝愿各位领导、来宾，曲艺界的朋友们身体健康、万事如意、事业有成！

第九届太行书会我们再相会！

谢谢大家！

2020 年 10 月 16 日

新年联欢晚会致辞

尊敬的各位领导、来宾，亲爱的同事们：

大家晚上好！

金猪送福辞旧岁，瑞鼠携运迎新年。辞旧迎新之际，我们文化和旅游系统这个新组建的大家庭在这里举办新年联欢晚会，我们的现场充满祥和喜气，干部职工欢聚一堂，笑逐颜开，我也和大家一样，幸福刻在心里，微笑写在脸上。此时此刻，我代表局党组向出席晚会的各位领导表示热烈的欢迎！向为我们文旅事业干部职工无私奉献的家属们表示衷心的感谢！向我们文旅系统默默无闻、辛勤工作的全体同仁致以崇高的敬意！向所有关心陵川文旅事业发展的朋友们表示新年的问候和祝福！

即将过去的一年，我们在习近平新时代中国特色社会主义思想指引下，紧紧围绕县委、县政府"六地四转、三区十园"战略部署，文化旅游体制机制改革圆满完成，城乡文化旅游公共服务体系不断完善，国家公共文化服务体系示范区创建成效卓然，群众读书热潮形成，文化活动丰富多彩，文化市场平稳运行，文物保护安全向好，文旅产业深度融合，旅游经济指标稳中有升，各项工作得到了快速发展，取得了显著的成绩，这都是广大干部职工努力的结果，为此，我再次向大家深表谢意。

旧岁已展千重锦，新年再进百尺竿。明年是我国"十三五"规划的收官之年，是全面建成小康社会的决胜之年，是我们创建国家公共文化服务体系示范区工作的答卷之年，文化工作要提档升级，文物保护任务艰巨，旅游发展任重道远，希望大家打起十分精神，付出百倍努力，力争各项工作取得新的成就，再上新的台阶。

冬日的寒冷仍在继续，我们的演艺厅却是春意浓浓，年味十足，格外温馨，愿今晚大家敞开心扉，舞动青春旋律，放开嘹亮歌吼，融入快乐海洋，抛开一切烦恼，像欢腾的浪花尽情荡漾吧！

预祝晚会圆满成功！祝福大家身体健康、万事顺意、鼠年吉祥！祝愿祖国的明天更美好！

谢谢！

2019 年 12 月 29 日

新年联欢晚会致辞（讲话稿）

太行一号逛一逛

众　　竹板打得呱呱响，今天咱把旅游讲，

　　　三大板块大战略，长城黄河和太行。

　　　三条一号公路线，确保景区都通畅，

　　　它像条条经济带，拉动旅游收入长。

甲　　陵川地处太行山，太行板块我主场，

　　　太行一号陵川段，越看越觉心里爽。

乙　　一号公路像条线，美丽景点串成行，

　　　要说有啥可分享，今天随俺逛一逛。

众　　太行一号风景道，山道弯弯路面光，

　　　姹紫嫣红花遍地，一路走来一路香。

　　　景观树木展风姿，两旁青山披绿装，

　　　陵川风景最壮丽，美不胜收似天堂。

丁　　古镇浙水第一站，一号公路从这上，

众　　太行主峰从这攀，阳马古道曾辉煌。

　　　百万庄园有故事，历史文化久远长，

　　　中国休闲体验区，旅游乡村上了榜。

甲　　咱们继续往前看，满山药材长得旺，

众　　陵五味商标出了名，六泉不愧是药乡。

甲　　前面就是棋子山，森林迈步心舒畅，

众　箕子隐居创围棋，棋源圣地美名扬。

甲　驱车下了大路沟，旅游小镇古郊乡，

　　松庙驿站新样态，最宜游客来康养。

众　太行一号主题园，风格独特内涵广，

　　零公里标志打卡地，网红公路响当当。

甲　这边就是王莽岭，云顶气候真清凉，

众　鬼斧神工造群峰，重峦叠嶂雾茫茫。

　　青松翠绿野花艳，晨曦初露铺霞光，

　　世外桃源挂壁路，锡崖精神都敬仰。

甲　看着风景到凤凰，欢乐谷里新景象，

　　山清水秀奇峰峻，人间仙境都向往。

众　蜿蜒曲折绕山行，百里云霞任您赏，

　　红叶画卷多壮美，置身其中荡漾。

甲　顺沟而下到丈河，民宿山乡景异样，

众　小悬空寺南崖宫，祖师顶上天地广。

甲　陵川尾站寺南岭，浪漫驿站很时尚，

众　大家在此住一宿，土特菜肴随意尝。

众　太行一号旅游路，百姓观景更顺当，

　　太行一号致富路，群众脱贫有保障。

　　太行一号通道美，两旁景色似画廊，

　　此生必行一号路，潇潇洒洒走四方。

改革开放春风暖

三中全会北京开，改革开放春风来，
星移斗转数十载，祖国处处放光彩。
各项事业大发展，全国人民乐开怀，
发展成就千千万，就是说上几天几夜我也给你道不完。

联产承包责任制，农民富裕村貌改，
大米白面家常饭，穿戴几乎天天换。
小车开到院门口，砖瓦小楼家家盖，
大屏彩电户户安，智能手机人人带。

城市建设气象新，夜晚通明灯璀璨，
高楼大厦拔地起，纵横交错街道宽。
商贸繁华物充裕，车辆川流跑得欢，
立交桥成风景线，市民生活多愉快。

科技发展成果累，高速高铁大动脉，
神舟飞天铸神话，天问去把火星探。
三峡大坝气势宏，航空母舰威仪展，
北斗导航五G强，量子卫星都称赞。

中国天眼望太空，蛟龙破浪入深海，
雪龙考察遍大洋，计算神威争光彩。
中华神盾显神威，大型客机是国产，
东风导弹威名扬，和平方舟世界冠。

走向世界入世贸，经济特区竞千帆，
国富军强人民安，"一带一路"连四海。
"一国两制"大方略，港澳回归史册载，
南水北调润心田，西气东输人心暖。

全面脱贫奔小康，经济总量稳步赶，
智能科技便生活，抗击疫情中国帅。
全球一体拿方案，世界峰会中国办，
亮相国际大舞台，中国主张世界盼。

改革开放不止步，铮铮誓言多豪迈，
中华复兴圆梦想，大事喜事连年传。
中华巨轮破浪行，走进伟大新时代，
神州处处唱繁荣，人民幸福万万代。

衷心歌颂共产党，英明伟大有气概，
为民服务为宗旨，红船精神记心怀。
您带领，
中国人民站起来、富起来、强起来，
摆脱屈辱，树起尊严，豪情满怀，信心百倍，
昂首挺胸奔未来。

夸夸咱的综治办

众　姐妹几个走上台，竹板呱呱响起来，
　　　要想说的真挺多，今天就说综治办。
　　　老干部的综治办，典型事例一串串，
　　　三十多年如一日，发挥余热为治安。

甲　对头，今天就说综治办！

甲　成立之初阻力大，说这道那挺为难，
乙　综合治理有政法，社会治安有公安。
丙　我们退休老干部，颐养天年理应该，
丁　何必戴个红袖章，站在街头把太阳晒。

甲　这种想法要不得，老有所为才光彩，
众　领导带头统思想，多次商讨如何办。
　　　成立组织定制度，各项工作起色快，
　　　队员报名三百多，办公楼前挂了牌。

1　拿小旗，戴袖章，大街小巷把岗站，
　　　小商小贩讲规矩，车辆秩序也井然。

2　环境卫生大变化，县城面貌大改善，

遇到街头不平事，他们也得说一番。

3　这个本来是好事，不料路人把口开，

4　老人吃上没事干，事情管得也太宽。

5　有位队员开了腔，老弟这话欠妥善，

众　正事闲事都来管，百姓生活才平安。

众　为了工作多拓展，"十大员"岗位众人干，

撰写新闻超三千，抨击丑恶扬美善。

红色教育进校园，组成"五老"宣讲团，

田间山林去巡逻，护林防火搞宣传。

众　禁放烟花和爆竹，发放传单上了万，

大考过节和庙会，执勤服务离不开。

帮助商户追骗款，感谢的锦旗挂起来，

建立社区调解室，邻里纠纷化解开。

众　王莽岭景区搞拆迁，任务重来工作烦，

群众心里想不通，思想工作第一关。

为帮政府解难题，老干部们打前站，

作风深入工作细，领导好评百姓赞。

众　见义勇为走在前，虽然年老挺有胆，

有人行凶送公安，勇夺凶器防惨案。

制止吵架平常事，劝阻上访民心安，

拾金不昧风格高，扶贫助困事迹传。

众　　四任领导都能干，工作率先又垂范，
　　　队员人人争先进，模范事迹数不完。
　　　《人民日报》有报道，荣誉奖状一排排，
　　　国家级奖牌双手捧，综治办美名太行传。

众　　综治办，不平凡，风雨同舟三十载，
　　　老当益壮勇当先，无私奉献助平安。
　　　围绕中心识大局，服务宗旨记心怀，
　　　不忘初心跟党走，共建清凉绿色秀美幸福新陵川，
　　　新陵川！

务实创新铸辉煌

众　　辞旧迎新喜气扬，交投集团聚一堂，
　　　载歌载舞齐上阵，笑逐颜开祝吉祥。
　　　高新姑娘走上台，竹板打得震天响，
　　　意气风发跳起来，讲一讲，
　　　高新公司 2019 年务实创新铸辉煌。

众　　二〇一九不平常，繁重任务肩上扛，
　　　迎难奋进求发展，各项工作大变样。
　　　公司领导有眼光，职工团结斗志昂，
　　　每项工作都出彩，一项一项给您讲。

甲　　安全生产第一桩，出个事故全泡汤。
众　　你在公司安全部，要说安全你在行。

甲　　安全责任要常讲，隐患风险双预防，
　　　上下一心齐努力，安全红线记心上。
众　　安全责任定到岗，应急演练到现场，
　　　标准化，走在前，平安运行保通畅。

乙　收费指标又大涨，大伙心里很紧张，

丙　撸起袖子加油干，营销措施再加强。

众　目标责任放心上，指标超额登红榜，
　　路域环境都说好，经营成本也下降。
　　道路施工真紧张，精打细算求精良，
　　质量效益过得硬，上级表扬心欢畅。

丁　取消省界收费站，这是一篇大文章，

丙　王姐冲在第一线，重任面前不彷徨。

丁　集团领导来电话，要求门架赶快上，
　　领导带头快落实，施工队伍像赶狼。

众　夜以继日奋战忙，党员带头就是棒，
　　提前完工拍手笑，众志成城有力量。

戊　太行山里隧道长，管理水平受考量，

己　清障救援显身手，是我高新好儿郎。

戊　借助旅游营销忙，调查市场勤走访，
　　夏送清凉冬送暖，五比五看树形象。

众　养护不断创优良，路政执法能力强，
　　信息监控上水平，"向阳花"品牌响当当。

甲　党建工作更重要，三基建设不能忘，

庚　永葆红色先锋队，政治责任总是纲。

众　　不忘初心跟着党，牢记使命斗志昂，
　　　党员活动五个一，教育活动入心房。
　　　干部整顿强作风，廉政建设记心上，
　　　三本台账抓管理，监督执纪纯洁党。

众1　公司大院满花香，干部职工笑声朗，
　　　读书屋，活动室，快乐工作精神爽。

众2　企业文化路漫长，"七更"目标是方向，
　　　人人都当主人翁，高新航船众划桨。

众　　二〇一九真难忘，二〇二〇新希望，
　　　新时代，新思想，不忘初心紧跟党。
　　　交投集团指方向，高新公司去开创，
　　　工作再上新台阶，谱写公司新篇章，
　　　谱写公司新——篇——章！

务实创新铸辉煌（音舞快板）

邮政服务暖四方

打竹板，呱呱响，邮政员工聚一堂，
笑容满面心欢喜，互致问候拉家常。
咱们姐妹走上台，开口只把邮政讲，
邮政功能最强大，感人故事一桩桩。

中国邮政品牌靓，神州大地有影响，
人民邮政为人民，初心不改勇担当。
普遍服务是根本，真诚服务是方向，
邮政工作系国脉，服务范围遍城乡。

邮政诚信达天下，种类齐全业务广，
为了服务更周到，拓展事业找市场。
代发农保养老金，群众便利不出乡，
打造"十分钟生活圈"，政企满意皆夸奖。

陵川地处太行顶，山路崎岖道不畅，
山区投递困难多，个个都把工作抢。
古陵员工不怕难，艰苦奋斗自身强，
甘于奉献为邮政，陵川精神记心上。

陵川邮政士气扬，员工心中有榜样，
马班邮路王顺友，三十年行走大山上。
尼玛拉木有胆量，溜索跨过澜沧江，
雪线邮路康巴汉，生命禁区也敢闯。

陵川邮政模范多，先来说说张志强，
报刊投递无差错，争霸赛中得了奖。
散件揽收创佳绩，拓展业务很在行，
邮寄农资土特产，处处为民来着想。

李鹏身在马圪当，山高人稀地面广，
党报党刊及时投，服务百姓放心上。
农副产品上邮车，脱贫攻坚献力量，
工作辛苦口碑好，先进个人上了榜。

六泉邮所侯张丽，披风沐雨又飒爽，
徒步跋涉送汇款，大爷感动泪湿裳。
自印挂历赠客户，化肥送到地头上，
跑遍全乡百余村，市县邮局皆赞赏。

邮政员工是信使，哪里需要哪里上，
面对疫情逆向行，困难时期我担当。
抗疫物资及时送，学生教材到课堂，
寄递渠道保通畅，为民情怀胸中装。

邮政情系千万家，邮政员工忠于党，
足迹遍布大中华，党的声音传四方。
只要国家有召唤，政治责任肩上扛，
不计得失为人民，邮政服务我最强。

太行一号好风光

众　打竹板，呱呱响，

　　咱们姐妹登上舞台，今天就把旅游讲。

　　三晋大地中华文明五千年，

　　山西旅游资源丰富多彩分布广，

　　省委、省政府谋划旅游发展大战略，

　　规划旅游三大板块——长城、黄河和太行，

　　三条旅游一号公路为抓手，

　　城景通，景景通，精品线路连成线，

　　确保山西全境各个旅游景区都通畅。

众　陵川地处太行山，

　　太行旅游板块我们陵川是主场，

　　太行主峰在陵川，

　　太行一号公路陵川起程通四方，

　　今天咱们整装出发、坐上大巴、背起行囊，

　　开启太行一号风光之旅，

　　先把咱们陵川境内太行一号美丽景点逛一逛，

　　让我们尽情领略行巅山水景区景点绝美风光，

　　让您越看越觉美圪滋滋喜圪洋洋心里爽。

甲　（白）姐妹们，咱们先到哪？

乙　（白）当然是先去一号公路起点——
　　　　赫赫有名的浙水村了。

众　　浙水村，是地标，
　　　太行一号公路从这上，
　　　百万庄园有故事，
　　　古井、古树、古钱、石碾、奇洞、阳马古道，
　　　古镇浙水有名望，
　　　中国传统古村落，历史文化底蕴深厚源远流长。
　　　太行主峰浙水板山出了名，
　　　森林茂密，植被良好，青山绿水，环境优美，
　　　中国休闲体验区、国家森林乡村，
　　　旅游乡村上了榜。

乙　　大家快看风景道，
　　　山道弯弯路面光，

众　　放眼望，各种鲜花姹紫嫣红，迎风招展，开满满地，
　　　一路走来，一路香，
　　　景观树木展风姿，亭亭玉立站成行，
　　　两旁青山峰连峰，山川大地披绿装。
　　　陵川处处是美景，
　　　空气清新，天空蔚蓝，气候清凉，
　　　绿色世界，鸟语花香，
　　　真是目不暇接，美不胜收，陵川美得似天堂。

丙　　随着一号往前看，

　　　满山药材长势旺，

众　　连翘、党参、黄芩、蝉蜕、火麻仁，

　　　特色道地中药材，

　　　陵五味商标出了名，六泉不愧是药乡。

丁　　前面就是棋子山，

　　　松涛阵阵，郁郁葱葱，树影婆娑，

　　　青烟绿雾像仙境，

　　　森林迈步心舒畅，

众　　箕子隐居摆卦占方，推演天文，创围棋，

　　　棋子山世界围棋发源地，棋源圣地美名扬。

丙　　（白）大姐，这是哪呀，修得这么漂亮？

丁　　（白）这是棋源山庄，大宾馆，小别墅，围棋展馆，

　　　箕子塑像，住在这呀，既游览美景，又享受清凉。

众　　（白）亚克西（好的）。

甲　　驱车下了大路沟，来到旅游小镇古郊乡，

众　　松庙驿站木屋建设、民居改造、医养结合有特色，

　　　旅游产业新模式，最宜游客来康养。

　　　太行一号主题园，

　　　风格独特内涵深，

　　　山水太行、数字太行、红色太行、

　　　四季太行为一体，

　　　零公里标志打卡地，网红公路响当当。

甲　东边就是王莽岭，

　　八百里太行它最靓，

众　云海日出、松柏翠绿、立体瀑布，

　　站在云顶享清凉，山势巍峨，绝壁如削，

　　群峰叠嶂，鬼斧神工气势壮。

　　世外桃源挂壁路，

　　依山就势，顺崖凿洞，螺旋上升，

　　惊天设计大胆创，

　　三十年修通出山公路，艰苦奋斗创奇迹，

　　《中国路谱》榜首登载，锡崖精神都敬仰。

甲　看着风景到凤凰，

　　欢乐谷里新景象，

众　山幽水清、枝蔓缠绕、潭瀑遍布、

　　风光旖旎奇峰峻，

　　避暑度假、休闲旅游、摄影探险，

　　人间仙境都向往。

乙　蜿蜒曲折绕山行，

　　百里云霞任您赏，

众　谷深坡缓，植被茂密，每到秋日，

　　万叶经霜绿变红，红叶画卷，

　　彩色世界，神韵壮美，置身其中心荡漾。

众　顺沟而下到丈河，

　　民宿山乡景异样，

　　青山怀抱，绿水长流，松柏遍布，

虽藏深山名在外，

南崖壁上小悬空寺景绝妙，

孤峰独立祖师顶上天地广。

甲　姐妹们，赶快走，

　　大家在此住一宿，

乙　（白）为啥在这住一宿？

众　这里是陵川最后一站寺南岭，浪漫驿站很时尚，

　　陵川特产全备齐，美味菜肴随意尝。

甲　（白）太行一号转了转，大家有啥要分享？

乙　要我看，太行一号，就是一条旅游线，

　　跨越千里，它将太行片区美丽景点串成行，

　　百姓观景更顺当。

丙　要我说，太行一号，它是一条致富路，

　　带动产业，拉动太行老区旅游经济大发展，

　　脱贫致富有保障。

丁　要我讲，太行一号，它是一条连心路，

　　沟通你我，它让太行儿女紧密团结同心干，

　　再铸太行新辉煌。

众　太行一号通道美，

　　太行一号似画廊，

　　此生必行太行一号风景道，

　　潇潇洒洒游太行，

　　游——太——行！

绣红旗

　　20世纪40年代末，国民党反动派大势已去，行将灭亡，可他们不甘心自己的失败，仍对共产党人大肆抓捕和疯狂迫害。被关押在重庆渣滓洞监狱的江姐等同志面对敌人的严刑拷打，始终坚贞不屈，然而，共和国成立的时刻，她们却仍然被关在暗无天日的牢房里，无法走上街头汇入欢乐的人海，只能凭想象制作了一面五星红旗，在心中默默欢呼，暗暗祝贺……1949年11月14日，在重庆即将解放的前夕，江姐等同志被国民党军统特务残忍杀害，烈士们虽然离去，但她们的英雄事迹惊天地、泣鬼神，她们绣红旗的革命故事，让无数中华儿女铭记心底。(接着情景演唱《绣红旗》)

大合唱串词

一、《我和我的祖国》

女 琴键舞动，乐音飞扬，

这动人的乐曲，

寄托着亿万炎黄子孙的心声。

男 这美妙的旋律，

激越着亿万华夏儿女的心灵。

女 假如说有什么会让历史蓬勃，

那就是我的祖国。

男 假如说有什么会让人民幸福，

那就是我的祖国。

女 我和我的祖国，有太多的话要诉说，

男 我和我的祖国，是一首唱不尽的歌，

女 此时此刻，让我们怀着无比崇敬的心情，

合 共同唱响《我和我的祖国》。

二、《在太行山上》

女 这首歌，充满了老区人民的战斗意志，展示了太行山王莽岭的千山

万壑。

男 这首歌，凝聚了太行军民的爱国激情，演绎了母送儿、妻送郎的动人佳话。

女 这首歌，是战士冲锋的号角，是照亮前进的火把，激荡了亿万人的热血。

男 这首歌，憧憬着抗战胜利的美好夙愿，把抗日儿女感天动地的故事铭刻。

女 让我们一起走进新时代，踏上新征程，在建设祖国、振兴家乡的伟大事业中，

合 永远高唱《在太行山上》这首红色的歌。

三、《唱支山歌给党听》

女 一曲感人的旋律，越唱越激动。

男 一句诚挚的话语，总想让您听。

女 一种伟大的母爱，呵护着中华儿女美满幸福。

男 一个英明的政党，带领着中国人民走向光明。

女 亲爱的党啊！千言万语表达不尽对您的深情，

合 敞开胸怀，放开歌吼，唱支山歌给党听。

四、《黄河大合唱》

女 曾经的水深火热，

男 曾经的铁蹄践踏，

女 屈辱的泪水在我们心底流淌，

男 奋起的呐喊传遍了整个华夏。

女 起来吧，为了保卫家园，

男 前进吧，为了建设中华。

五、《少年　少年　祖国的春天》

女　少年是一首诗，每一句都充满无限向往，

男　少年是一幅画，每一笔都饱含绚丽活泼。

女　少年是祖国的春天，鲜艳的花朵，

男　少年是祖国的未来，希望的寄托。

旅游康养大会陵川境内路线解说词

2021 中国·山西（晋城）康养产业发展大会（晋城至丈河）陵川境内解说词

一、进入陵川界后

各位领导、各位朋友，我们现在进入了大美古陵，清凉陵川。陵川县位于山西省东南部、晋城市东部，北部与西北部毗邻长治县、壶关县，东部、南部与河南省辉县市、林州市、修武县接壤，西连高平，西南连晋城市，为太行山南端最高地带。陵川县地势东北高、西南低，属温带大陆性季风气候，大部分地区海拔在 1200—1600 米，最高海拔 1796.2 米，最低海拔 628 米，有"行山之巅"的美称。全县总面积 1751 平方公里，辖 7 镇 4 乡，总人口 25 万。

据境内发掘的塔水河、西瑶泉古人类遗址考证，陵川县早在旧石器时代中期就有人类居住。夏商两代为冀州之城，春秋属晋国，战国时期先属韩、后属赵，秦代属高都县。本地于隋开皇十六年（596）始置陵川县，抗日战争时期曾分置陵川、陵高县，1945 年恢复陵川县，1958 年并入晋城县，1959 年恢复陵川县。

陵川是千年古县、旅游资源富县、文化名县。这里有奇美绝伦、得天独厚的自然景观，冠以太行绝景之美誉的天下第一奇峰王莽岭，堪称华北最大的生态旅游目的地、太行景观最杰出的代表。王莽岭集太行山的雄、奇、险、峻、秀、美于一体，其日出胜泰山，云海似黄山，险峻如华山，秀比张家界，冬比长白山；登临其中，脚踏云雾，如入虚幻之境，美轮美奂，令人心旷神怡。诗人李锐身置其境，感慨万千，挥毫泼墨，写下了著名诗句："不登王莽岭，岂识太行山。天下奇峰聚，何须五岳攀。"

黄围山风景旅游区，灵峰峻峭，秀水环绕，林木葱郁，人称仙境。红豆杉大峡谷、十里河大峡谷和黄围风景区竞相辉映，各有千秋。景区内既有青山碧水、峡谷峰丛、名洞古庙、奇花名木，又有构造遗迹和古生物化石等，巨龙双眼绝无仅有，白陉古道堪称一绝，石笋造像当列国宝，许多景区当属独特、珍稀的旅游资源。

陵川还有蜚声中外的世界围棋源地棋子山地质公园、名震华夏当称世界筑路史上人间奇迹的锡崖沟挂壁公路，以及凤凰欢乐谷等景区。全县现已开发的风景区有名气的多达 10 余处，各具特色，异彩纷呈，可谓是三千群峰峥嵘叠翠，八百秀水透澄凝碧。

几千年的文化积淀为陵川留下了丰厚的文物景观和人文历史。陵川境内现存古建筑 1300 多处，建筑面积 11000 多平方米，仅国家级文物保护单位就有 17 处，被誉为"金元古建艺术博物馆"。南北朝的崇安寺、唐代的真泽宫、宋金时期的南北吉祥寺、金代的崔府君庙等具有极高的艺术价值，陵川可谓物华天宝。

陵川古代文化兴盛，人才辈出，曾有 7 名状元、93 名进士从这里走出，特别是宋金时期尤其凸显，创下了陵川科举及第名人文化。金代大文豪元好问曾于此求学 6 年。他曾写下了"问世间情为何物，直教人生死相许"的千古名句。元代大儒陵川人郝经著有《陵川集》。这里是一片红色沃土、革命老区，是红遍全国的抗战名曲《在太行山上》及歌剧《赤叶河》的诞生地。"千名号兵出太行"的传奇故事就发生在这里，陵川真可谓人杰地灵。

二、出西河底至附城镇

我们前面走过的是西河底镇,西河底的优质金秋黄小米色黄味甜,营养价值极高,享誉三晋。

现在,我们将要来到附城镇,牛肉丸可是附城的一大特产,其选料讲究,工艺传统,配方科学,营养合理,不仅在晋城市家喻户晓,而且还远销北京、上海、深圳等大城市。

前面刚提到了名人文化,在附城我们自然就想到了名人卫恒。卫恒(1915—1967)就是附城镇沙泊池村人。他生于一个贫苦农民的家庭,幼时因贫穷被送给附城村的一个魏姓亲戚当了养子。1938年1月,卫恒毅然投笔从戎,10月,加入中国共产党,曾任太岳区农民抗日救国总会主席、中共太岳区委秘书长、太岳四地委书记;中华人民共和国成立后,历任中共运城地委书记,山西省委组织部部长兼监委书记、山西省委书记处书记,山西省省长,中共山西省委第一书记,中共中央华北局书记处书记,山西省第三届政协主席,是中共七大、八大代表,第二、三届全国人大代表。卫恒一生勤俭质朴,克己奉公,待人以诚,言行一致,对家属子女要求十分严格,为山西社会主义革命和建设做出了突出贡献。

三、出附城至城东村

陵川县是山西省生态环境最好的县区之一,森林覆盖率为52.24%,全境国土绿化率达60.3%,空气中负氧离子含量很高,全年平均气温7℃—9℃,夏季气温保持在22℃—24℃,与周边城市形成极大反差。这里引用元代文学家、政治家郝经描写陵川的一首古诗:"故国包全晋,吾家压太行。高寒雄地势,潇洒静云庄。六月衣冠冷,千年草木香。长松撼潮海,绝壁隐虚堂。"这首诗告诉我们,陵川自古以来就有"清凉胜境"之美誉,具有休闲度假养生康疗旅游开发之潜质。

近年来，陵川县委、县政府依托得天独厚的自然资源和历史文化，积极打造"全域旅游·全景陵川"和"生态建设示范县"，把发展旅游产业当作产业结构调整的一场革命，不断加强旅游基础设施建设，完善接待服务功能，注册了"锡崖沟""太行山""围棋源地"三大旅游商标，形成了太行山水、金秋红叶、围棋源地、金元古建四大旅游品牌。陵川2014—2019年连续6年入选全国百佳深呼吸小城。

陵川县以农林文旅康产业融合作为全域旅游发展的切入点，以发展田园综合体、森林公园、特色文艺表演、非遗进景区、康养产业为重点，把发展乡村旅游作为全域旅游的主要抓手，全县建成全国农业旅游示范点2个，国家级乡村旅游模范村1个，全国国家级金牌农家乐6个；建成了农家乐500多家，接待床位20000多张，为旅游康养产业的发展奠定了良好的基础。每逢夏天，这里就成了中原大地游客休闲纳凉的度假胜地，高峰时期一床难求。仅2020年，全县接待游客530万人次，实现旅游总收入24亿元。

去年，陵川又率先在全省打响了太行一号国家风景道建设第一枪，并实现境内全线通车，形成四通八达、外畅内达、快进慢游的旅游公路网络和打卡地，让游客能够亲身体验到"车在路上行、人在画中游"的美好意境；建成了松庙、浙水等康养示范基地，2020年中国·山西（晋城）康养产业发展大会在这里举办，闻名省内外。现在，陵川县全域旅游发展大格局正在形成，清凉绿色秀美幸福新陵川美丽前景必将实现。

四、出大槲树村后

各位领导，朋友们，大家一路乘车，辛苦了！趁这个机会，我给大家唱一段快板，调节一下气氛。它的题目叫《欢迎您到陵川来》。（大家如果能用手打个节奏，我说得就更有板有眼了）

说陵川，道陵川，陵川的美是很实在，
各位领导听仔细，一项一项咱道来。

说陵川，道陵川，先把国家级名片摆，
地质公园国家级，森林公园国家颁。
生态保护示范区，旅游大县不简单，
旅游名县最优秀，深呼吸小城前一百。
优秀旅游目的地，县域旅游百强牌，
令人向往旅游地，旅游客人八方来。

说陵川，道陵川，古代八景美名传，
巍峨奇秀孤峰直，洞天福地黄围山。
绝壁连天三面水，仙台概胜九仙台，
高峻壮丽雾笼罩，秦岭卧云宝应山。
松柏苍翠春色浓，西溪古建在金代，
涧深谷险磨河水，灵泉瀑布很可观。
两峰峭立熊耳山，一轮明月吐出来，
夕阳晚照县城美，此景只有龙门来，
山势如屏霞光映，五彩缤纷锦屏山。

说陵川，道陵川，自然景色如梦幻，
围棋世界多变化，发源地在咱陵川。
太行至尊王莽岭，云山幻影真奇观，
红叶风景似彩霞，金秋红叶多壮哉。
世外桃源锡崖沟，挂壁公路人人赞，
户外天堂欢乐谷，北国风光小江南，

绿色明珠南太行，天然氧吧好生态。

说陵川，道陵川，陵川文化多灿烂，
国保文物十七处，号称古建博物馆。
烂柯传说国家级，非遗项目数不完，
七名状元有名堂，进士就有九十三。
元代名儒有郝经，故事传奇名在外，
卫恒省长陵川人，名人文化代代传。

说陵川，道陵川，陵川遍地土特产，
天然木耳价值高，金黄的小米无公害。
黑山羊肉鲜又嫩，大红袍花椒麻又串，
核桃富含营养素，红富士苹果好口感。
特色小吃味道鲜，一定让您解嘴馋，
清炒野山菌，石头炒鸡蛋，
党参炖土鸡，小豆油糕绿豆丸，
伴凉粉，炒米线，麻辣烫，烤串串，
附城肉丸香得呀——保你喝了一碗又一碗，
大包小袋买回家，为家人带去的是思念和关怀。

说陵川，道陵川，陵川处处惹人爱，
百姓热情多好客，欢迎大家到陵川——到——陵——川！
（谢谢大家）

五、出新庄村下丈河盘山公路

各位领导、朋友们，我们驱车穿行在夏日的阳光里，进入了丈河的地界，不知大家是否有诗和远方的感觉？远望风车转动，近看千山遍绿，头顶蓝天白云，车行盘山大道，祖师顶在招手，南崖宫在欢笑，处处都是迷人的风景。

丈河就快要到了，丈河将给你带来一种新鲜的视觉、别样的感受，让我们拭目以待吧！

旅游康养大会丈河参观点解说词

2021 中国·山西（晋城）康养产业发展大会陵川丈河村解说词

开场白　9：45 村口下车

（5 分钟）

尊敬的各位领导、各位来宾：

大家上午好！

沿着盘山公路，欣赏诱人风景，顺势而下直到山脚，定会让您豁然开朗，充满神奇，这就是当代桃源、康养胜地、中国车谷、慢养山居美丽丈河。

我热忱欢迎大家光临丈河参观指导。我叫 ***，可以叫我 **，接下来将由我全程带领各位领导、来宾观摩，愿绿水青山和您相伴，特色景观与您同行。

丈河村位于陵川县西南部，青山环抱，风景秀丽，也因一条丈余宽的廖东河环村绕行而得名。这里冬温夏凉，年平均气温 7.9℃左右，森林覆盖率达 80% 以上，是天然氧吧。丈河村因优良的生态景象、宜居的生活环境、独有的自然条件、厚重的文化底蕴一举成名，被冠以"全国第四批传统保护村落""山西最美旅游乡村""山西美丽宜居示范村""山西环境整治示范村""省级文明村"等美称。

丈河村地势特点显著，山高、地大、路平、水清，号称"北国小江南"。丈河村是个盆地，更是块宝地，丈河就像神经中枢，直通北河、东河、底河，进而将丈河村连成一体。这里公路四通八达，生活十分便利，拥有得天独厚的地理条件，可谓是大自然赐予丈河村最宝贵的礼物。

丈河村作为"中国自行车谷"核心景区和晋城市"百村百院"项目示范区，以太行山水为依托，以生态旅游、健康养生为基点，以乡土山居风貌为目标，以一带、两轴、三区撑起产业框架，由法国团队和晋城团队联合设计，通过新增公共设施、民宿院落以及对村庄原有建筑风貌的系统化提升改造，并在局部建筑和街道景观加入法式元素，使整个村落呈现出中法融合、怡乐康养、自在山居的美丽景象，着力打造太行人家高端民宿康养基地。

一、游客中心

（10分钟）

各位领导、各位来宾，现在我们面前的就是丈河游客中心。它位于丈河村西端，从丈河入口，通过步道和台阶直接到达。游客中心主要由旅游中心、信息中心、咖啡馆三部分构成，项目占地面积约800平方米，总建筑面积约1300平方米。

旅游中心与信息中心为游客提供问询、休憩、集散及工作人员小型办公的场所，玻璃雨篷的铁艺构件和立面门窗的格栅增加了法式建筑韵味，建筑整体体现了法式建筑风格，信息中心还采用大面积的玻璃幕墙，模糊了建筑边界，将周边的自然景观与室内布局融为一体。游客中心的西边是一间水果房，在这里我们可以品尝新鲜的水果。说到这儿，我不得不向大家介绍一下丈河村的南崖宫康养生态果园，这是一个集有机旱作、生态种植、旅游观光和采摘体验于一体的康养果园示范基地，里面种植20多个品种，是山西农业大学的一个果树种植示范基地。其二层有观景平台，既可赏景，又可闲坐畅聊身边的故事。（提示嘉宾洗手间的位置）

咖啡馆保留了丈河村传统建筑的立面风格，清水砖墙、灰瓦屋顶和木格栅窗棂呈现了质朴、醇厚、清新、灵动的中式传统民居风格。咖啡馆与旅游中心相对而立，是中法建筑风格的辉映与碰撞，更是中法文化对话的成果。

二、民宿院落

（10分钟）

各位领导、来宾，我们现在到了丈河民宿区，像这样的民宿院落有18座，是新建或修缮改造而成的，总占地面积约4000平方米，总建筑面积约4300平方米。

建筑全部采用丈河传统民居建筑风格，灰色清砖外墙，小青瓦坡面，门窗分隔采用棕色木质窗棂，主要功能为住宿，每个住宿单元由上下两层组成，房间内装一部楼梯，下层为客厅和厨房，上层为卧室和卫生间，尺度比例舒适，部分民宿设有会议室等公共空间。传统的一砖一瓦融入现代功能，这种中西合璧的尝试，可让您体验舒适宜人的民居生活。（如2号院采用禅意新中式装饰）

三、古戏台广场

（10分钟）

我们沿着古朴幽静的丈河巷子向前走，就到了古戏台广场。

广场南侧是一座创建于明万历年间的古戏台（深5.4米，宽18.8米，占地面积102平方米）。古戏台面宽三间，进深六椽，单檐悬山顶，七檩前出廊。舞楼内天花彩绘十分精美，具有很高的艺术价值。北面是一座人民公社时期修建的舞台，东西两侧建筑现状保存完好，保留了丈河传统民居特色。这里通过修缮，设置了小型展览，布设了小型商业区，更好地为游客提供便利的购物服务，还确保了古戏台文化广场的完整性，成为举办各类活动和庙会的中心。这也是丈河康养旅游的一个重点场所。

插叙一（会议中心　出古戏台广场后介绍）

各位领导、来宾，请随我往前走，在我的右手边呢，是我们丈河村乡村振兴专家大院，大院建筑呈现了欧式风格，大院里云集了乡村振兴的智囊团，在他们的带领下，丈河村也率先跑出了乡村振兴的加速度。我们现在看到东面这块新拆迁的平地，是二期工程会议接待中心项目的选址。

它位于丈河村的核心位置，为村中景观制高点。其设计思路为会议接待＋观景平台，建筑面积约4800平方米，建筑主体为两层设计，可通过层层露台和观景窗口从不同角度展望整个丈河村景象。

插叙二（祖师顶　出会议中心往穹顶集市途中介绍）

大家请看，北面这座山叫祖师顶，又称盘龙山，上面这座茶棚西边的台阶就是攀登的入口，祖师顶像条卧龙，盘卧村中，保佑着丈河人民世代平安。山顶有座三官（天官、地官、人官）殿，西面有座奶奶殿。据记载，此殿创建于明永乐十八年（1410），康熙三十四年（1695）重修，历代均有维护，现存建筑为明清风格。墙壁上留有诸多文人墨客的风流佳作。其中，当以清朝乾隆皇帝的亲笔御题为代表，其诗曰：十八年间到此游，惟惜黎民万种愁；只因事乱劳君驾，太平官封万户侯。祖师顶可谓孤峰矗立，险峻挺秀，山北面鬼斧神工地劈为悬崖绝壁，使人望而生畏，登庙远望，居高临下，一览众山小，丈河全貌尽收眼底，令人心旷神怡。

插叙三（文物古建　往穹顶集市途中介绍）

丈河区域文物遗存十分丰富，庙宇古迹村村可见，仅丈河村就有5座古庙，1座古戏楼，大都为明清所建。紧邻的还有东瑶泉古人类摩崖石刻遗迹，西瑶泉旧石器时代古人类文化遗址，古建以台南九仙台、丈河祖师顶和参院孤仙寺最为著名，素有"陵川古八景"之誉。

四、穹顶集市

（5分钟）

各位领导、来宾，前面就是滨河景观区，眼前这座桥叫风雨廊桥，可以遮风挡雨、人车行走，且连通北河，彩绘和线条灯光勾边，白天显得美观，晚上看着亮丽。现在，我先带领大家参观穹顶集市。

穹顶集市占地面积约2400平方米，总建筑面积约1600平方米。建筑整体采用法式建筑风格，由三边的建筑及其外廊围合成两个半开放式院落集市，院落内构筑物体造型独特，既增加营业场地，又丰富营业模式，使穹顶集市的业态更加多元化。门窗洞口及外廊上使用了大量拱券，让法式风格更为突出。

穹顶集市主要功能为商业集市，分A、B两个区域，为八方游客推荐丈河和陵川本地的特色产品及法国高档产品，A区主要有法国红酒、香水、巧克力、咖啡等，B区主要展示地方特产，让您在大山深处便可品味法式产品，观赏蜿蜒山峦，体验异域风情。

眼前的这个小广场是一个骑手广场，来自全国各地的骑手可以在这里进行经验交流和装备展示，切磋骑技。

五、法式餐厅

（5分钟）

各位领导、来宾，紧邻穹顶集市南侧的这座建筑就是法式餐厅，也称河畔餐厅。它为单层建筑，占地面积约600平方米，总建筑面积约540平方米。东西北三边建筑和南侧的外廊围合中间的玻璃餐厅，形成中央高、四周低的建筑格局。墙面采用文化石墙，屋顶采用小青瓦坡面，门窗采用落地大玻璃窗搭配百叶格栅，中法风格相得益彰。中间的玻璃餐厅远远高出四周建筑，大片玻璃幕墙搭配原木色格栅，在夜晚灯光的映衬下光彩夺目，使其成为耀眼的视觉亮点。上方的吊灯别具特色，又叫鸢尾花吊灯，鸢尾花是法国王室的象征，寓意华丽顽强、热情奔放、浪漫典雅，象征爱情和友谊。

插叙四（古代商贸　往滨河景观途中介绍）

我们现在所在的这个自然村叫店坡，也是小有名气，它过去有精彩的故事，是山西与河南古代通商的一个重要驿站，西边原是经商必经的一条石头坡路，又因古代商人常在此村休息住店而得名，坡顶有一座五间两套连体建筑，古时商人常在那里喝茶歇脚，故名茶棚。看到东面这座阁，我们仿佛听到了驼铃声声响，客商们踏上了远行河南的商途，直到 20 世纪 70 年代村里仍有零星客商的影踪。由此可见，丈河村古时特别是明清时期，商贸发达，经济繁荣，有过辉煌的历史。

六、滨河景观

（10 分钟）

各位领导、来宾，我们继续往前走，前面就到了滨河景观区南部，此桥是座人行桥，全长 24 米，建筑为钢筋混凝土框架梁加"H"形钢横梁结构，北接村内道路，南接人行步道和绿树景观，这是攀登南崖宫的必经之路，也是欣赏滨河景观的绝美之地。当您站在桥上，不由得想起现代诗人卞之琳的诗：你站在桥上看风景，看风景的人在岸上看你，山水装饰了你的心情，你装饰了别人的梦。

河岸上建有 160 米长的人行步道，漫游在步道上，观清清的河水，闻花草的芳香，真是沁人心脾，十分惬意，可谓身在步道行，人在画中游，像铺开了一幅人与自然和谐相融的动人画卷。

插叙五（南崖宫）

南面这座山叫南崖宫，因山崖上有座南崖宫庙而得名，据传建于明朝以前，一座大殿，二层阁楼，砖木结构，占地九间（宽4.4米，长27.6米，面积121平方米），其因背倚绝壁，下临深谷，又有"小悬空寺"之称。西边有座配庙，庙中有洞，不知其深。站在南崖宫上，有无限风光在险峰之感，放眼丈河，庭院错落有致，四野阡陌纵横，一幅壮美秀丽的画图。祖师顶与南崖宫隔村相对，遥相呼应，构成了一道独特亮丽的丈河风景。

插叙六（崖壁剧场　滨河景观区途中介绍）

河道两岸规划的是露天剧场。剧场依山就势、因地制宜地设计台地景观，与自然梯田地貌融为一体，尽量保留本貌特色，传承地方建筑艺术。对面的崖壁既可作为巨幕投射影视作品，又可作为巨大的背景，进行实景表演。

各位领导、来宾，前面看到的是小环线零公里的起点，说到这个起点，我要特别为大家介绍一下"中国车谷——丈河"的标志，其中间图案部分有双重含义，我们用一辆山地自行车组成一个象形文字，代表中国车谷——丈河，周围的圆圈代表环法自行车赛道，我们通过中、英、法三国语言来进行展示。同时，我们还有一句响亮的骑行口号——"丈河骑到法兰西"，向全世界的人发出邀约！

（往回返）请大家跟我一起漫游小环线路，欣赏滨河景观，宽敞的河床、清澈的流水，美观的桥梁步道，让人感受江南水乡之风情。

这座桥是滨河景观区，也是小环线的一座车行桥（桥梁长约32米，宽约10米）。

（穿过车行桥介绍）南边是一个庆典广场，也是骑手开展庆典活动的场所。骑手在这可以娱乐会友，交流骑行的体会和故事。

（小环线指示牌）这就是全长约34公里的赛道小环线路线，通过里进掌、南河，直通陵修路，再到夺火转回来。这条环线可以组织各种规模的自行车骑行和比赛等活动，这里也将成为广大群众、外来游客健体康养的特色景点。

插叙七（山居SPA　返回车行桥时观滨河途中介绍）

各位领导、来宾，这面土坡是二期工程山居SPA的位置，建筑面积约11000平方米。其设计形态沿山麓横向展开，借助台地错落层叠。建筑主立面朝向景色优美的山谷，为居者提供更多的观赏平台。建筑空间主要有SPA水疗、运营服务、客房、办公等功能。山居SPA建成后，将成为丈河村的又一景观。

七、尾声　滨河车行桥往北木栈道上

丈河村依托优质自然资源，大力发展旅游事业，加强基础设施建设，富裕了当地百姓生活，在这里，我们更能深刻体会到"绿水青山就是金山银山"的内涵。随着二期建设工程的完成和山体亮化工程与实施，一个崭新的丈河村正在从蓝图变为现实，康养陵川、康养晋城的品牌，也将扎根丈河、走出山西、迈向世界！

（下了木栈道，快上车时）各位领导、来宾，今天的讲解到此就要结束了，青山在招手，绿树在呼唤，双手捧真诚，欢迎您能再来，祝大家身心健康，工作顺利！谢谢，再见！

陵川县庆祝中华人民共和国成立70周年书画剪纸展

在这秋高气爽、漫山红叶的大美时节，在中华人民共和国成立70周年之际，陵川县"辉煌七十年，奋进新时代"书画剪纸展，以崭新的面貌、昂扬的姿态与大家见面了。

本次展览共展出作品几十幅，书画作品独具特色，剪纸作品各有千秋，主题突出，意境深远，直抒胸臆，或展示人物风采，或讴歌社会风尚，或赞美家乡新貌，或诵吟建设成就，富有浓郁的地域特色，体现了这个伟大时代的深刻印记。

翰墨丹青歌盛世，妙手飞剪送祝福。让我们以书画剪纸为媒，放飞中国梦想，喜庆祖国华诞，愿本次展览能为广大人民群众提供丰盛的艺术盛宴。

《民法典》事关千万家

（白） 树高千丈在于根，

机器发动靠马达。

国家治理凭法律，

和谐社会离不开法。

（唱） 今天不把别的讲，

咱们就认认真真、好好说说

《中华人民共和国民法典》这部基础大法。

党中央十八大作出部署，

各方面共同编纂五年多，

2020 年 5 月 28 日高票通过，

实施日期是 2021 年的元旦节，

它是新中国第一部以"法典"命名的法，

对我国新时代法治社会建设的意义重大。

《民法典》汲取了中华五千年优秀法律文化，

《民法典》借鉴了 70 年来法治建设优秀成果，

《民法典》固根本、稳预期、利长远，

《民法典》推进国家法制体系和治理能力现代化，

《民法典》体现国家性质、顺应时代要求，

《民法典》以人民为中心、发展人权事业，

《民法典》坚持主体平等、保护财产权利、便利交易流转，维护人格尊严、促进家庭和谐、追究侵权责任、坚持绿色原则科学立法。

（白）　听你这么一说，《民法典》真是一部大法，它到底有多大呢？我结婚的时候可学过《婚姻法》，它比《婚姻法》大吗？

（唱）《民法典》要说大实在是大，

就请你竖起耳朵听我说：

《民法典》共 7 编、1260 条，

被称为"社会生活的百科全书"，一点不假，

它包括总则、物权、合同、人格权、婚姻家庭、继承、侵权责任以及附则，

它涵盖《民法总则》《民法通则》《收养法》《担保法》《合同法》《物权法》《继承法》《侵权责任法》，还有你说的《婚姻法》。

《民法典》包罗万象找啥有啥，

社会生活时时处处离不开它。

（白）　大姐呀，《民法典》这么好，我有件事能不能解决了？

（白）　你请说。

（唱）我家那口天天赌，

外债欠了一屁股，

我说离婚他就嚷，

还不清债不用想，

我得问问《民法典》，

看看里面怎么讲。

109

民法典事关千万家（曲艺说唱）

（唱）《民法典》里讲得很明白，

　　　　共同债务由俩人共同承担，

　　　　若赌债妻子本人没有认可，

　　　　法律规定谁举债谁管偿还。

（白）哎哟，摔死我了，恐怕这老骨头都要折了，谁来扶我一把？

（唱）眼看这老大娘摔得有伤，

　　　　扶不扶我还得仔细掂量，

　　　　要不扶天地良心往哪放，

　　　　扶起来讹住我还得赔偿。

（唱）"扶不扶""救不救"困扰大家，

　　　　见义勇为本就应该大力赞扬，

　　　　《民法典》明确了责任担当，

　　　　杜绝了英雄流血又流泪的怪现象。

（白）有些事《民法典》也不一定管，

（白）那可说不来，什么事，说说看。

（唱）我住的小区真是挺奇怪，

　　　　天上下雨楼上下废纸团，

　　　　关键是里面那笤帚疙瘩，

　　　　砸得我头脑晕眼花缭乱。

（白）后来怎么样了？

（白）能怎么样，我上楼找人家说理，人家不承认，还说："你有证据，
　　　　你有录像？"去哪说理呀，我要录着像让砸我脑袋，不是有病也是
　　　　傻瓜！

（唱）头顶上的安全引起关注，

　　　　禁止高空抛物写入民法，

　　　　造成他人损害要被追责，

　　　　责任人不明确就找物业。

（白）　具体事情今天咱就说到这里，反正《民法典》真是了不得。

（唱）　《民法典》全面系统用语确切，

　　　　多部法有机整合新增许多，

　　　　一条条一款款认真审阅，

　　　　一行行一页页慎重揣摩，

　　　　征求意见反复改人大定夺，

　　　　合民心顺民意有时代特色，

　　　　《民法典》关乎着万户千家，

　　　　保护公民私权利幸福生活。

（唱）　捧一部《民法典》走遍全国，

　　　　大事小事都能断个谁对谁错，

　　　　它是我们工作生活遵循依据，

　　　　它是从事市场经济重要砝码，

　　　　全社会要广泛开展普法工作，

　　　　要作为"十四五"重点来抓，

　　　　个个养成自觉守法、遇事靠法好习惯，

　　　　人人争做学习、遵守、维护《民法典》的时代楷模。

工作迈上新台阶

甲　敲锣打鼓走上台，

乙　三家说个三句半，

丙　还少一个说不好，

丁　我来！

甲　今年工作真挺多，

乙　说了一项说一项，

丙　希望大家捧捧场，

丁　鼓掌！

甲　党建工作为先导，

乙　主题教育有成效，

丙　政治学习不动摇，

丁　高招！

甲　六大建设抓在手，

乙　养气固本根基牢，

丙　党建引领大发展，

丁　真好！

甲　人力工作亮点多，

乙　服务创优是目标，

丙　基层培训多少次？

丁　没数。

甲　周三学习不间断，

乙　百日行动好平台，

丙　全员素质大提升，

丁　不懒。

甲　职工之家在工会，

乙　民主管理当主人，

丙　开展活动提精神，

丁　真美。

甲　寒来暑往常慰问，

乙　体检福利很到位，

丙　最美员工受表彰，

丁　心暖。

甲　成绩很多说不完，

乙　全靠公司好领导，

丙　运筹帷幄智谋高，

丁　知道。

艺海浪花

甲　公司上下一条心，

乙　明年业绩再创新，

丙　咱们还得接着拼，

丁　用劲！

甲　说得不好也点赞，

乙　下面大家接着看，

丙　临走给您拜个年，

丁　给钱！

114

我家的牡丹花

我特别喜欢牡丹花，因为它的花朵娇艳饱满、富贵吉祥、仪态大方。我喜欢牡丹花，一个更重要的原因是，我家院子里生长着一株20多年的牡丹花。

牡丹是木本植物，我们每天精心呵护着家里的牡丹。它长得非常漂亮，花秆有一人多高，枝细而长，每年3月发芽，慢慢长出一个个花骨朵来，快开的时候，花骨朵看起来饱胀得马上要破裂，大约五一前一朵一朵地次第开放。牡丹花完全绽开后有普通碗口大，每一朵都着实惹人喜爱，粉扑扑，大腾腾，厚实实，香喷喷，花瓣重重叠叠，有10层之多。我家的牡丹树估计开有200朵牡丹花，更为奇特的是，开满粉红色牡丹花的整棵树上，竟然开了一朵粉白两色的花，格外引人注目。于是，我顺手写了一首小诗："一朵牡丹两种色，半半粉红半个白。奇花异树何处寻，我家小院独盛开。"

家里的牡丹树长得很是茂盛，那翠绿的叶子也煞为可爱，犹如一只只小巴掌，让人神清气爽，一阵微风吹过，叶子仿佛小朋友般欢快地拍着小手欢迎大家来赏花。这时，朵朵大花也露出微笑，恭迎宾客光临，还不时地为客人送来阵阵扑鼻的花香，让每位来宾流连忘返。

我非常喜欢牡丹花，它给我们家带来了吉祥和好运，看着花朵，大饱眼福，鼓劲提神；闻着花香，沁人心脾，神清气爽。小院因为它有了光彩，我们因为它有了喜气，得到了无限乐趣。

115

元宵节观灯

元宵节虽然已经过去了，然而正月十五观灯的情景依然浮现在眼前，使我久久不能忘怀。

元宵节夜幕降临时，我们全家都到街上赏花灯。一来到小十字街，我就目瞪口呆了，街上的人来来往往，川流不息，我们全家随着人流汇入灯展区。各式各样的花灯多得数不清，五光十色、无比耀眼的灯光让人眼花缭乱，我们站在灯棚下，置身于灯的海洋。

走过大十字街，远远望去，彩灯勾勒出的古陵楼格外引人注目，灯光闪烁，活灵活现，一座气势恢宏的古建筑展现在大家面前，十分辉煌和气派。

我们继续往前走，街上人山人海，从鑫西圣十字四面望去，星星灯、串灯、宫灯等挂满了树木和沿街门面，不计其数，花灯辉煌，五彩缤纷，千姿百态，绚丽多彩，热闹非凡，特别是古陵路和梅园街华灯齐放，就像两条彩龙交叉飞卧陵川大街，真是叫人喜不自禁，大家纷纷举起手中的手机把这一美景拍了下来。

月亮渐渐西下，但观灯的人们依然络绎不绝，各种彩灯像满天繁星似的不知疲倦地大放光芒，真是一夜花灯醉、元宵情意浓啊！

江西行

乘飞机

头上顶蓝天，脚下踏云海。
放眼四处望，满目美江山。

灵动之水
——南昌音乐喷泉颂

灵水伴乐舞蹁跹，柔姿倒映池中仙。
亚洲最大誉美名，醉人光彩多酷绚。

南昌起义展观感

南昌城头枪声响，武装起义军旗扬。
矢志推翻反动派，奋起革命挽救党。

滕王阁赞

阁外赣江流水长，不见阁内李滕王。
江南名楼千古传，王勃诗句成绝唱。

漫步湖边

湖映正反双重天，青青枝条拂水面。
人行岸边放眼望，江南处处好画卷。

游庐山

奇峰秀岭云海间，瀑布飞泻挂纱帘。
诗赋古迹不胜数，山水美景入画卷。

随感

观牡丹随感

牡丹花开虽华贵，落花归根也有日。
人生舞台再辉煌，鞠躬谢幕会有时。

观花展随想

花开花落本自然，万事起落无时节。
珍惜当今幸福日，过好生活每一刻。

母亲节随笔

慈母生儿身，育子一辈苦。
勤俭终生泪，只为你幸福。

赞壶口瀑布

远看黄龙奔，近听雄狮吼。
瀑布绝美景，唯独壶口有。

司徒游

游司徒小镇，看千年铁花。

悟小巷百味，享古韵文化。

牡丹王

浓粉衬金黄，满院溢天香。

朵朵展国色，无愧花中王。

120

同树异花

两色鲜花同树长，浓紫白粉竞芬芳。

奇特异景何处寻，皇姑牡丹供君赏。

冬青颂

大雪压冬青，冬青挺腰起。

苍茫一片白，唯吾行行绿。

观云

黄围街头出奇云，凤凰展翅飞天边。

此象寓意作何解，幸福生活降人间。

逛菊巚山公园

黄围桥上喜气洋，园中湖水波荡漾。
建筑风格有特色，松涛花海阵阵香。

你在哪

——谨此献给扶贫第一书记

你在哪，

你在住村任职，

朋友聚会因公事耽搁，

同学办事你下乡赶不上，

无意中你远离了他们，

都说你这扶贫第一书记的官

好大好忙。

你在哪，

你在挑灯夜战，

总结扶贫工作的点点滴滴，

计划下一步的工作应该怎样，

还得记好每一天的扶贫日志，

你的工作生活总是那么

活泼紧张。

你在哪，

你在开会培训，

到县里学习扶贫经验和政策，

去乡镇汇报并接收本周任务，

还得梳理好笔记本上满满当当的各项，

赶快回村上把近期工作研究安排得

条理妥当。

你在哪，

你在入户走访，

张家大爷有什么困难需要解决，

李家大娘有哪些忙咱得帮，

各家各户上什么产业又怎样创收，

你时时刻刻将本村按时脱贫当作

责任担当。

你在哪，

你在地头田间，

帮助低保户王大叔抢收玉米，

同赵大婶一起收谷子打场，

资助贫困子女圆满完成学业，

似乎全村百姓都是你的

亲朋兄长。

你在哪，

你在扶贫下乡，

顾不上照应父母生活和儿女上学，

工作单位在城市却和家人经常分离，

即使假日回家也是带着任务报表填档，

心中只有扶贫事业的你是如此
敬业爱岗。

你在哪，
你在扶贫一线，
别说第一书记这官它有多小，
但管的大小事情很多很累也很忙，
因为你始终心怀百姓的疾苦，
牢牢地把总书记脱贫一个都不能少的嘱托
铭记心上。

你在哪，
你在人民心中，
你的足迹遍及村庄每一寸土地山岗。
群众有需要的地方就有你的身影，
百姓遇到困难就有你提供的良方，
工作中无形地树起了你第一书记的
高大形象。

百年华诞，中医人心向党

七月的天空，

是那样湛蓝，

七月的阳光，

是那么灿烂，

七月的时光，

让我们永远铭记心怀。

一百年前红色的七月，

共产党人发出了惊天动地的呐喊，

鲜艳的党旗高高举起，

才有了今天生活的幸福美满，

南湖的红船昂首驶来，

才有了今天壮丽的河山。

党啊，岁月的风尘，

掩盖不住您青春的容貌，

党啊，历史的长河，

沉淀不去您奋斗的伟业，

我们用如潮的呼唤，

也表达不尽我们对您的无限热爱。

在这红色的七月，
我们中医人用炙热的深情，
把革命英烈深切缅怀，
用自己的实际行动，
为党旗赓续崭新的一页，
给中医人为党奋斗的篇章添彩。

我们陵川中医人走过的三十六个春秋冬夏，
时刻感受着党无微不至的关怀，
牢记着先辈沉甸甸的嘱托，
用如火的激情和辛勤的汗水，
为党的中医事业谱写不朽的赞歌，
把中医人的梦想编织得那样璀璨。

中医院崭新大楼拔地而起，
器材先进，设备高端，
功能齐全，环境改善，
医疗服务水平大幅提升，
温馨的服务让病人如归家园，
中医之花在古陵大地繁茂盛开。

我们从事着医护工作，
生物钟颠倒、黑夜超负荷值班已成习惯，
面对患者渴求健康的目光，

用心抚慰、用鼓励的眼神把爱的力量相传，

陪伴患者越过心灵的沼泽、病魔的泥潭，

胸有甘为患者无私奉献的博大情怀。

您拖着疲惫的身体回到医务室，

只要病房有需求时脚步又是那么轻快，

病人不解时，你是那么耐心又不厌其烦，

病人微笑时，你说这是颁给你的最高奖牌，

有人问，你的力量从何而来？

你说，这是党赋予我的职责，一点也不能懈怠。

我们开方配药，

送给百姓的是深情和厚爱，

我们救死扶伤，

回馈群众的是真诚和温暖，

我们中医悬壶，

带给人民的是健康和平安。

2020 年新冠疫情突如其来，生命攸关，

防控就是命令，责任重于泰山，

我们义无反顾，逆向前行，筛查把关，

发热门诊，重症监护，疫苗接种，隔离点，监测站，

白衣战士阻击战中大显身手，

用坚持和勇气为百姓撑起了生命的保护伞。

健康中国，康养陵川，

中医战士责无旁贷，

运用中医理论和技术，

全心全意关爱生命，全力以赴奉献真爱，

强国民之体质，助经济之腾飞，

与人民的健康和党的事业相照肝胆。

我们有蓬勃的青春和热血，

是祖国中医事业新的一代，

无怨无悔立足中医岗台，

尽心竭力把祖国中医事业相传，

用奉献演绎辉煌人生，

把生命的音符弹得激越豪迈。

放心吧，敬爱的党，

我们决不辜负您的哺育教导，

决不动摇内心炽烈的信仰，

中医人听党话跟党走，

在习近平新时代中国特色社会主义思想指引下，

团结拼搏，奋勇向前，直挂云帆奔未来。

铸就创业培训新辉煌

两组人，不同层次。

合 我总会对这个群体有一种美好的回想：

女1 你们的干劲、充沛而激昂，

男1 你们的性格、帅直而明朗，

女2 你们的青春、灵动而飞扬，

男2 你们的誓言，有力而高亢。

合 因为，这个群体心中有一个共同的信念：

不忘初心，牢记使命，助民就业，为民担当。

旁 为了创业培训，你们每天都是那么匆忙，

旁 难道你就没想过那种生活潇洒而风光。

男 是呀，我们总是那么忙。

合 这就是我们人社人的风格，

更是我们共产党人应有的风尚。

男 拿书记的话说，陵川的事干就对了。

年初，书记、县长亲临孵化基地劳动力交流现场，

合 这给我们注入了不竭的动力，指明了培训的方向。

女 为了百姓脱贫，为了群众致富，

我们不能懈怠，也不容彷徨。

合 创业培训，树立品牌，我们的意志是那样坚强，

我们要打造"创业热地"，

让创业培训的号角在三晋大地回响。

旁　我听说，在许多大型国有企业，

棋源叉车工成了一道亮丽的风景。

旁　是呀，地球人都知道，

他们还是姐妹同行，兄弟做伴，夫妻搭档。

男女　他们秉承陵川人诚实勤劳的精神，

凭双手收获着劳动的成果和生活的希望。

合　你们跑上海、去天津，找订单、闯市场，

让陵川的创业培训品牌之花在大江南北竞相开放，

更让我们陵川人社人倍感欣慰，无上荣光。

旁女　雪梅姐，你在看啥？

女1　我看那对面的山岗，

那金灿灿的连翘花让人心花怒放。

女1　你好像又想到了什么？

女1　我通过创业培训，有了一个大胆的设想，

要把这连翘花变成杯中的茶香。

旁男　赵婷妹子，你又有了什么思想？

女　我呀，这次培训，大开眼界，

我要拓展业务，把我的"古陵淘宝客"做大做强。

女　像这样的创业者不胜枚举，

中蜂养殖、寺湖柳编、乡土人家，

还有那幸福家政李红丽、兰欧酒店魏永亮……

男　我们人社人相信"行行出状元，人人能成才"的理念，

"人人有技能，个个能就业"的目标时刻在心中激荡。

女　"棋源叉车工""陵川焊工""古陵淘宝客""幸福家政"四大劳务

品牌同步推进，陵川劳务输出实现了由体能型向技能型转变，形式由单一化走向多样化。

合　我们近200期的创业培训，让数千贫困人口脱贫致富，让数万劳动者在创业的道路上奔向了小康。

旁　是什么力量让你们胸怀这样的人生志向？

合　是人社人对工作的责任，

是群众对脱贫的期盼和百姓对美好生活的向往。

旁　你看到那深夜家中的灯光了吗？

女　看到了，

我知道，那是父母家人等候的目光，可是我……

旁　可你总是在忙，

女　对，我总是在忙，我们总是在忙。

我想对他们说，爸，妈，家人，你们放心吧！

合　我与大家同行，心里是那样敞亮，

在创业培训的道路上，我们的脚步坚定而铿锵。

旁　你选择了风雨兼程，

选择了把培训事业开创。

女　你们也有情有义、骨肉心肠，

男　可你们舍自己为事业，舍小家为大家，

无私奉献，把一片爱心放在心上。

女　工作的艰难，别人的误解，家人的怨肠，

都改变不了你们对培训的坚持和奋斗的方向。

合　陵川的"棋源叉车工"培训品牌，

登上了全国创业就业服务展示交流会的颁奖殿堂。

你们创造了奉献社会的一次次感动，

收获了创业培训成功的一个个梦想。

铸就创业培训新辉煌（诗朗诵）

女合　为了家乡建设，都在各自的岗位上熠熠闪光。

男合　为了服务社会，都在抒写着人社事业的崭新篇章。

分层　今天，今天，今天，

　　　　在这个舞台上，我们庄严承诺：

分层　开拓创业热地，打造培训品牌。

女　　为百姓就业致富，为实现"清凉古陵、秀美山川"的美好愿景，

合　　不忘初心，砥砺奋进，牢记使命，再铸辉煌，

　　　　用优异的成绩献礼伟大的中国共产党！

抗疫，我们一起出发

甲　2020 年一个万家团圆的时刻，
　　突然疫情肆虐湖北，
　　党中央一声号令，
　　一场没有硝烟的战争牵动中华。

乙　人民军队闻令而动，
　　逆行而上，白衣执甲，
　　干部工人打工人警察志愿者……
　　全民动员人人参战涉及各行各业。

丙　物资供应，交通疏导，生命抢救，疫情排查，
　　各个环节通宵奋战，全国支援"两山"建设，
　　共产党人冲锋在前，一线医护生死拼搏，
　　全国人民谱写了一曲曲生命的赞歌。

丁　阴霾已经驱散，
　　阳光普照中华，
　　岁月依旧安好，
　　人民空前团结。

甲　面对疫情重大灾难，

乙　中国人民同舟共济，无所惧怕，

丙　如果党和祖国召唤，

丁　打起背包，并肩上阵，

合　我们一起出发。

托起女企业家的希望

合　　十月的古陵大地秋高气爽、丰收在望；

　　　　十月的太行之巅漫山红叶、菊花飘香。

合　　您可否记得，可否记得，可否记得……

5　　也是这个喜人的季节，

　　　　在这美丽的古陵大地上，

　　　　我们欢聚一堂，

6　　用那铿锵有力的声音，

　　　　许下庄严的承诺：

合　　要让青春的火花在这里闪光，

　　　　共同托起女企业家的希望。

1　　从此开始，

　　　　一项项事业在起步，

　　　　女企业家腾飞了一个个梦想。

2　　多少年来，她们努力着、不敢停歇，

　　　　始终一如既往。

　　　　为了企业发展，

　　　　她们付出的又何止是青春和力量。

合　　青春和力量。

3　　今天是双休，

我要约这些姐妹漫步林荫小道，

在清新自然的氧吧里荡漾。

5　不行呀，我不仅需加工核桃粉、红枣粉，

还得组织力量把铁皮石斛培养。

6　这俩月商务印刷任务重，

明天还要把客户的广告安上墙。

7　周末我有一期家政培训结业上岗，

再为转移就业提供服务保障。

8　用传统经典铸就饮食健康，

我这火锅店订餐电话一直响。

9　我在着力培养三好儿童，

周六忙着开设家长课堂。

4　你们呀哪天都是个忙，

啥时候都不能和我出去溜达溜达。

合　我们放寒假了，

总算能让妈妈陪咱们好好玩玩，逛逛商场。

10　你们咋就光知道玩，

就不能帮妈妈插插鲜花，

把人们的节日生活扮靓。

11　电子商务把我累得够呛，

趁年关快把家乡特产和旅游向全国推广。

1213　我们专注美容、纹绣十几年，

务实创新，打造完美，

引导古陵现代妆容新时尚。

14　开展膳食革命，开发营养产品，

我们时刻关心着百姓的健康。

1　是呀，她们每天都是这样，

　　起早贪黑，费脑伤神，

　　所承受的压力常人难以想象。

合　起早贪黑，费脑伤神，

　　承受的压力难以想象。

1　王姐，你怎么在这看了又看，量了又量？

王　我要把家具全屋定制服务的业务做强，

　　让装修家具合理搭配成为客户的奢享。

2　李姐，你为啥在这凝望远方？

李　你看，多美的景色！

　　那金灿灿的连翘花开满山岗。

3　你好像又想到了什么？

李　我要把这连翘花变成杯中的茶香，

　　为家乡产业扶贫、百姓致富贡献力量。

合　为家乡产业扶贫、百姓致富贡献力量。

1　当你和朋友们登山旅行，

　　共同把美好的景色欣赏。

2　此时，你可曾想过，

　　有人正在企业埋头苦干，

　　从早到晚东奔西忙。

合　埋头苦干，东奔西忙。

3　当你过节时全家欢聚，

　　共同把人生的天伦共享。

4　此时，你可曾想过，

　　有人还在办公室苦苦沉思，

　　全身心把企业发展的未来畅想。

合　苦苦沉思，把未来畅想。

1　她们似乎已把儿女丈夫父母淡忘，

　　和一般家庭妇女不一样。

合　不，她们舍自己为事业，舍小家为大家，

　　也是有情有义、骨肉心肠。

2　有人说，她们这些女强人，

　　只知道挣钱，发家致富，

合　谁可知她们捐款捐物，无私奉献，

　　把一片爱心放在心上。

3　工作的艰难，家人的怨言，别人的误解，

　　都改变不了她们的社会责任、人生志向。

合　有一种信念，时刻在她们心中回荡，

　　她们创造了奉献社会的一次次感动，

　　收获了事业成功的一份份荣光。

1　可爱的女同胞们，

　　是"事业"这个美丽字眼让你们走进了女企业家这一行，

合　为了家乡建设，

　　她们都在各自的岗位上熠熠闪光。

2　可敬的女企业家们，

　　是"责任"这个无形力量让你们登上了创业的光荣榜，

合　为了服务社会，

　　都在抒写着事业的崭新篇章。

3　今天，站在这个舞台上，

　　让我们的承诺和女企业家的精神再次回响。

合　自强、自信、感恩、奉献，

　　共同托起女企业家的希望。

4　　　为建设"大美古陵、小康陵川",

合　　　不忘初心,砥砺奋进,鼓足干劲,再铸辉煌!

2018 年 9 月 26 日

托起女企业家的希望(配乐诗朗诵)

我们的生活充满阳光

站在雄伟的太行山上，迎着东方的太阳，您想到了什么？

我在想，我在想，我们都在想。

你们想到了什么？

我想到了改革开放前的景象，

我想到了改革开放后的巨变，

我们在想未来建设的蓝图又该怎样。

想起过去，我们心潮起伏、心情无比激荡，

看到今朝，我们心花怒放、心中无限遐想。

如果，时光的隧道可以矗立起一座雕像，

让子孙的子孙，看见我们奋勇前行的模样。

亲爱的朋友，你会用什么样的形式和语言，

来叙述与回想陵川改革开放前后的沧桑与辉煌。

曾记得，儿时的我，喜欢在陵川县城街上游逛，东街饭店买个火烧，西街食堂喝碗尔汤。

小十字工农兵商店买个文具，大十字百货大楼选件衣裳，碰见的是那几张老面孔，转悠的只有这几个地方。

如今的县城，东起陵修路，西至过境路，北到喇叭口，南到体育场，县城人口、面积数倍增长，街道又宽又长。

高楼大厦鳞次栉比，住宅小区一个比一个靓，大宾馆大商场有模有样，小饭店小商铺遍布大街小巷。

想当初，想买点好食品，可商店里也没几样，吃顿好饭须逢年过节才能等上，最想念的还是大年初一的那顿饺子汤。

现如今，超市里的食品琳琅满目，想吃啥想买啥你都能选上，大米白面平平常常，小吃店大饭店经常挤得满满当当。

想当初，穿衣着装面料单调，款式还是老土样，过年时才能做身新衣裳。

现如今，四季的衣服各有特长，花色多品种全，挂满橱窗，厚厚薄薄，短短长长，每天一换几乎不重样。

想当初，全家人挤在一个屋里两个炕，冬天被子冻得冰凉，夏天闷得气不通畅。

现如今，我们的住房宽敞明亮，每人都有自己的卧房，屋里冬暖夏凉。

想当初，打个电话去邮局，家庭电话极少量，安部座机两三千元，百姓想都不敢想，后来挂个 BB 机，觉得自己很时尚。

看如今，智能手机人人有，手机功能特别强，能发抖音能照相，能看电影能上网，微信视频看着讲，手机支付真便当。

想当初，农民种田亩产最多五六百斤，起早贪黑还得响，忙活一年挣俩仨，不够给孩儿们买衣裳。

看如今，农民种田春种秋收不慌张，冬夏打工挣钱忙，每亩收他千把斤，日子过得喜洋洋。

想当初，骑辆飞鸽自行车，感觉特牛特风光，后来骑辆摩托车，觉得就像飞一样，回家坐个顺路车，摇得你头晕又心慌。

看如今，水泥路接通村村户户，柏油路通向四面八方，

轿车犹如堂前燕，开进寻常百姓家，说走就走自驾游，全家都去赏风光。

想当初，想当初，想当初……

咱就别想了。前事不忘记心上，说说当下心舒畅，四十多年大变样，

好事是一桩接一桩。

县城通上公交车，

两块钱去市里跑一趟。

街道绿化树成行，

干净卫生花草香。

家门口看电影一月一场，

网络偶像剧一看一个晚上。

休闲时散散步公园逛逛，

打太极广场舞天天上场。

公共设施应有尽有，

社会福利全民共享。

百姓看病有医保，

低保直接打卡上。

五保住上养老院，

社会全面奔小康。

日新月异新变化，

百姓幸福国富强。

感谢国家感谢党，

我们的生活充满阳光。

巨手绘蓝图，万众谱华章，

我辈齐努力，国泰民安康。

陵川的未来，我来！我来！我来！我来！……

我可爱的家乡啊，我自豪你的精神，自豪你的坚强，你创造了奇迹，收获了富强，聚焦了世界的目光。

我可爱的家乡啊，我们为你骄傲，为你喝彩，在这神奇的土地上，我们必将突飞猛进，铸造新的辉煌！

献给你——人民警察

面对您光荣的职业，

我不知道应该怎样表达；

望着你斑斓的警花，

我不知道怎样才能讲清心里话。

我要采撷万种鲜花，

为您编织一朵大大的奇葩；

我要创作抒情长诗，

为您记载一个个壮丽的神话。

面对您太多的惊心动魄，

我不知道应该怎样归纳；

面对您太多的殊死搏斗，

我不知怎样表现好您内外的光华。

每一次灾难，

你都是果敢地喊道——我来啦！

每一次危险，

你都是温柔地安慰——不用怕。

多少次手雷即将爆炸，

多少次房屋即将坍塌，

多少次绳索即将断裂，

多少次命案千钧一发，

多少次迷雾重重，

峰回路转，义不容辞，责任重大，

多少次披肝沥胆，

死而后已，奋不顾身，血染风华。

关切百姓，细微到油盐酱茶，

问寒问暖，您走进万户千家，

排查案件，您走遍街巷山庄，

执勤蹲守，您不分节假还是深夜。

轿车失火您奋力扑救，

火光将您的身影放大；

有人轻生您奋力施救，

让年轻的生命重放光华；

煤气泄漏您毫不退缩，

危难之中闪烁美丽的佳话；

百姓琐事您耐心处置，

用特有之爱做出满意回答。

当游人在温暖的春天踏青赏花时，

您却在翻山越岭追捕逃犯，彻夜奔波；

当人们在炎炎的夏日纳凉闲聊时，

您却在三尺岗台指挥交通把汗水挥洒；
当百姓在清爽的秋天畅谈丰收喜悦时，
您却在绞尽脑汁寻求案情的来龙去脉；
当全家在寒冷的冬日享受天伦之乐时，
您却在迎着寒风巡逻大街小巷不能回家。

灾难中您是导航的灯塔，
温馨中您是绚烂的彩霞；
危困中您是迎风的旗帜，
生活中您是温暖的火把。

您每一次毅然的出征，
都在担心会让年迈的父母亲白发送黑发；
您每一次高兴地归来，
都在内疚会给妻子儿女留下长长的牵挂。
您明白，
也许有一天您真的会轰然倒下，
可能连一句话也没能留下。
您明白，
血脉里奔淌着炽热的忠诚，
生命中跌宕着激情的浪花。

大地之上，您的节奏就是时代的步伐，
长天之下，您的梦想关联着复兴中华。
您就算是普通得如一棵小草，
也能染绿一片土地，映红一束鲜花；

您就算是普通得如一粒细沙，

也得撑起我们共和国的平安大厦。

啊！光荣的人民警察，

您沐浴着朝露，从人民中走来，

笑迎春夏秋冬，恭送星辰日月。

啊！光荣的人民警察，

您用生命捍卫了人间正道，

用热血描绘了人间平安最壮美的图画。

大爱如诗，

我要献给您——共和国的骄子；

生命如花，

我要献给您——光荣的人民警察！

永远紧跟伟大的党

朋友，当您站在中国共产党成立 100 周年的历史节点上，

看到了什么，听到了什么？

朋友，当您徜徉在今天和平而幸福的环境中生活，

有什么所悟，有什么所想……

又有什么永远藏在您的心底，终生难忘。

我看到了南湖的红船，面对风雨阴霾，发出了时代的强音，成就了开天辟地的大事变，诞生了中国共产党。

红船是中国共产党的摇篮，是革命源头的象征，红船精神是当代共产党人的瑰宝，引领着我们前进的航向。

我听到了南昌起义、秋收起义……冲锋的军号响，反抗国民党反动统治，建立革命根据地，让中国革命的军旗高高飘扬。

我看到了红军长征爬雪山、过草地、吃草根、啃树皮，冒着炮火前行时那钢铁般的身躯和坚强的形象。

这撼动山河的英雄奇迹，保住了革命火种，传播了革命道理，创造了中国革命史上惊天动地的悲壮。

井冈山的烽烟，遵义会议的精神，延安窑洞的风寒，西柏坡的光芒……每一段革命故事都是那样让人感动、令人敬仰。

您领导的抗日战争功勋卓著，战绩辉煌。三大战役闻名遐迩，势不可当，解放中华气壮山河，威震海江。

147

永远紧跟伟大的党（诗朗诵）

开国大典，庄严宣告，中华人民共和国成立，五星红旗在神州大地迎风飘扬。

我们高举旗帜，一路奋进，打破旧社会，建立新中国，抗美援朝，保卫家乡，社会主义建设一浪高过一浪。

解放思想，改革开放，伟大转折，南方谈话，中国特色，我们把春天的故事唱响。

践行"三个代表"，维护人民利益，坚定宗旨理想。

坚持科学发展，事业突飞猛进，生活蒸蒸日上。

走进新时代，踏上新征程，我们更接近实现中华民族复兴的伟大梦想。

忆过去，思绪起伏，看今朝，心潮激荡。

世界盛会中国主张，国际舞台 C 位亮相，

经济总量全球第二，"一带一路"共建共享，

高速铁路世界领先，人间天路直通西藏，

三峡大坝举世瞩目，中国天眼太空远望，

蛟龙入海卷潮破浪，神舟飞天谱写华章，

嫦娥探月铸造神话，天问一号火星远航，

计算神威为国争光，量子卫星举世无双，

客机试飞自主研发，雪龙考察踏遍大洋，

中华神盾气势磅礴，国产航母海天梦想，

东风导弹威名天下，歼击飞机蓝天翱翔，

和平方舟世界唯一，五 G 领先北斗组网，

抗击疫情中国方略，智能科技生活变样，

社会保障体系完善，脱贫攻坚全面小康，

祖国建设硕果累累，大事喜事千件万桩，

神州大地繁荣景象，人民生活幸福安康。

站在新的历史起点上，我们深刻感悟，怀念过去时光，历史不能忘

啊，为了今天，革命先辈艰苦卓绝，无数英烈血洒疆场。

站在新的历史起点上，我们深刻领会，民心所向，世世代代记心上呀，人民得解放，全靠共产党，领导新中国，只有共产党。

伟大的党啊！一百年风雨兼程，一百年披荆斩棘，您有坚强的意志，您有宽阔的胸膛，您把对人民的爱护、对国家的担当，凝聚在铁锤和镰刀相拥的党旗上。

伟大的党啊！一百年砥砺前行，一百年乘风破浪，您不忘初心、牢记使命，彰显了共产党人的豪迈气概，用历史的巨笔描绘了新时代社会主义建设的崭新篇章。

亲爱的党啊，我们骄傲，我们自豪，十四亿人民激情高昂，您带领中国人民摆脱屈辱，树起尊严，从站起来、富起来，到强起来，让中华儿女毅然挺立在世界的东方。

亲爱的党啊，人民对您无比忠诚，无限敬仰，用心对您倾诉衷肠，对您的情谊比山高比水长，对您的爱能汇成大海洋，千言万语一句话，永远跟着伟大的党！

夸夸农村大变化

叫同志你听我讲，大妈给你拉家常，
农村处处大变样，群众个个心欢畅。

种地用上机械化，庄稼丰收餐桌香，
收入年年在增长，农民生活奔小康。

精准扶贫好方略，两不愁来三保障，
医疗服务上水平，百姓身体保健康。

门前道路宽又畅，家家户户住楼房，
家用电器样样全，农民脸上喜洋洋。

自来水哗啦啦响，玩着手机洗衣裳，
开上小车随便游，农村城里没两样，

农民种田有补贴，农村老人有所养，
乡村振兴面貌新，山清水秀好风光，

义务教育早普及，孩子人人上学堂，
老人跳跳广场舞，业余生活高质量。

惠民政策乐万家，七十年家乡铸辉煌，
举杯畅饮齐欢唱，感谢国家感谢党。

夸夸农村大变化（歌舞说唱）

我的古陵　我的梦乡

女　我的古陵傲然屹立在太行山上，

男　您在群山中凝视远方，

女　把悠久的历史故事传为绝唱，

男　将围棋源地神话铸成举世篇章。

合　您有宜居的气候，您有清秀模样，

　　　您造就美丽的奇山异水，四季如画廊，

　　　白陉古道古建筑，呈现历史辉煌，

　　　崇安寺的晨钟暮鼓声，激奋您成长。

男　我的古陵傲然屹立在太行山上，

女　您在群山中凝视远方，

男　听见了千名号兵出征的军号响，

女　一首红歌让太行儿女抗战保家乡。

合　您有神奇的土地，充满爱的力量，

　　　哺育了勤劳的陵川人，为民筑梦乡，

　　　铸就了老区精神，教人坚定信仰，

　　　您挺起了宽阔的胸膛，为百姓担当。

男　我的古陵，我的梦乡，

合　我为您歌唱。

在太行山上

红日照遍了东方，照遍了东方，

自由之神在纵情歌唱，纵情歌唱，

千山万壑，铁壁铜墙，

抗日的烽火燃烧在太行山上。

这首歌，创作在山西陵川，唱红于一九三八，

经太行山脉传播，在中华大地回荡。

听吧！母亲叫儿打东洋，妻子送郎上战场，

我们在太行山上，我们在太行山上，

山高林又密，兵强马又壮，

敌人从哪里进攻，我们就要他在哪里灭亡，

敌人从哪里进攻，我们就要他在哪里灭亡。

这首歌，像匕首，直插敌人心脏，

这首歌，像火把，把战士前进的道路照亮。

她展示了太行山王莽岭的千山万壑，

她倾诉了太行儿女感天动地的爱国衷肠。

唱着她，先辈的遗愿永生难忘，

唱着她，新时代征程上我们士气高昂，

我们在太行山上，我们在太行山上，

我们放声高歌在太行山上。

（注：下划线的句子为原歌词）

黄围风光快乐游

时间：秋

地点：黄围山景区接待处

人物：小王：女，20 岁左右，黄围山景区接待员，简称王

　　　丈夫：60 来岁，河南游客，简称丈

　　　妻子：60 来岁，河南游客，简称妻

【幕启，桌子一张，椅子几把，电话机一部……】

（电话铃声，导游接电话）喂，您好，这里是黄围山景区接待处，我是小王，噢，你们要来一个团，欢迎你们，好，好，到了黄围山呀，就算到家了，我们一定会热情接待、真诚服务，让你们高兴地来，满意而归，放心吧，再见。（放下电话）我们黄围景区的名气越来越大，游客一拨接一拨，这不，又来了一个团，我们得好好安排安排。

（游客上场）

丈　哎呀，真痛快，咋，你问我去哪了，去灵漱洞，天然钟乳石栩栩如生，惟妙惟肖。那景致真好，俺看了一天，真看美了……哈哈哈……（唱）咱们老百姓啊，今儿个真高兴……（进接待处）

妻　死老头，你等等俺，累死俺了。

王　好几天了，是够累的，大伯，大娘，坐下休息一会儿。（递水）

丈　这喝酒就是图醉呢，旅游就是图累呢，怕累出来干吗？

妻　拉倒吧，我就不信你不累，（模仿走路累了的样子）你这人一辈子了我还不知道，死要面子活受罪。

丈　知我者，老婆也，我这人就是官职不大爱面子，挣钱不多吹票子……

妻　美景不赏看女子。

王　哈……大伯，你的爱好挺多的。

丈　小王，你别听你大娘瞎说，（对妻说）我在哪看女人了？

妻　在哪看，在祖师顶呗，你看着远方，啊！真美呀，您既有北方山水的雄阔壮伟，又有南方风光的文静秀美，娇姿百态，亭亭玉立，八百里太行，此处才是你真正的灵魂，你是一块未开垦的处女（地）。

丈　哈哈哈……（导：哈哈哈……）

妻　你笑啥？傻了你？

丈　一点幽默也没有，我是在夸黄围山，你见识太短了，多旅游旅游吧，这旅游呀，就是长见识，你说到了故宫吧，才知道咱这的庙小；到了东北，知道自己胆小；到了上海，知道自己穿得不好；到了深圳，知道自己钱少；到了黄围，知道去其他旅游是瞎跑；到了重庆，才知道自己结婚太早。

妻　（掐丈夫）娶上我后悔了？

丈　干啥呢，人家看着多不好。

王　大伯，大娘，不是累吗？怎么又掐上了？

丈　我是说，娶上你，才知道结婚真好，（对王）姑娘，你大娘这人吧，真是的，你看她……

妻　对，你看我像谁，像不像麦当娜？

王　大娘，谁是麦当娜？

妻　麦当劳她妹妹。

丈　我看呀，你像猪八戒他妹妹。

妻　你呀，净惹俺生气，你才一点幽默都没有。

王 大伯，大娘，你俩真逗，坐下休息一会再说吧。（丈靠近王坐，被妻分开）

妻 姑娘，你大伯，没多大点文化，能得不行。

丈 我总比你强。

王 又掐上了，你俩真够热闹的。

丈 考考你，上个月咱去了啥地方？

妻 去了啥地方？我想想，香死里啦。

丈 香格里拉。

妻 对，香死你了。

丈 香死你了，（白眼）光知道吃。

妻 错了吧，是香格里拉。

丈 我再问你，昨天咱去哪旅游了？

妻 昨天去了七十二弯。

丈 是拐不是弯。

妻 没弯它能拐吗？

丈 没弯是不能拐呀。

妻 我对了吧，你呀是上车睡觉，下车去茅房，景点拍照，回家一问啥也不知道。

王 哈……大娘，你真幽默，你们二老在我们黄围山有五六天了吧？

丈 整整一周，就差一天。

妻 还不如说非常 6+1 再减 1 呢。

丈 迷上李咏了。

王 大伯，大娘，你们看了哪些景点？（丈、妻拿板）还带着家伙呢？

丈妻 （快板）叫同志，你听我表，我俩游的地方真不少，祖师顶上雾缭绕，灵湫洞中真奇妙，白陉古道如天险，地质公园国家保，红豆峡瀑布多壮观，佛道儒三教受熏陶，十里河峡谷一线天，"养心圣地"

品牌好，品牌好。（摆造型）

王　好（拍手），大伯，大娘，你们看了有什么感想？

妻　我先说，我想明年还来，在黄围山这清凉胜境避避暑，享享福，在
　　祖师庙给孙子烧个香，许个愿，让他考上南开。

丈　就咱那小子的脑袋还考南开？

妻　咱河南开封大学，简称"南开"。

丈　啥眼光，我也来给小孙孙求个福，让他考上北开，不对北大。

妻　傻冒。

王　欢迎再来，我刚才是说，二老看了以后，对景点有啥感受？

妻　噢，是这么个意思呀，我用一首小诗，表表感想，没掌声多没劲。
　　一方神秘地，满目美江山。黄围古今秀，雄风贯神州。

丈　哈哈……

妻　说得不好，不要见笑。

丈　这是你写的，这是你在黄围山抄的，还好意思说。（口袋拿纸）

王　大伯，早有准备，挺有你的。

丈　这火车不是推的，牛皮不是吹的，请听诗朗诵《黄围山，我爱你》。
　　（清嗓子）啊！黄围山，你像一位婀娜多姿的少女。

妻　我爱你。

丈　别打岔。你有泰山观日之峰，黄山绕雾之奇，庐山苍茫之感，三峡
　　雄伟之态，大观寺院之幽。你头顶祖师顶，身披红豆杉，流淌泉溪
　　潭瀑，脚踩白径古道，天下美景于一身，清凉气候你享受，历史文
　　化底蕴深，不到黄围就不叫旅游。

王　大伯说得好不好呀？（拍手）大伯，大娘，临走之前，给我们提点
　　意见或建议好吗？（递本子）

丈　中，（写）黄围景区好，服务真周到，明年来旅游，再来把你找。
　　（妻插两人中间）

黄围风光快乐游（小品）

王　　拴保，银环？这名字挺有戏剧性！

妻　　（接过看）是山保，金环，（对丈说）我啥时候变成银环了？没结婚
　　　那会儿你金、金的，现在不值钱了！

丈　　你还是金，我是想呀，咱俩临走，给陵川乡亲唱一段《朝阳沟》。

王　　清唱呀，还是我给你念着点伴奏？

丈　　不用，MP3。

妻　　有棒槌山、孤峰山、红豆杉、二郎担山，没有 MP3！

丈　　是不是旅游把你给游懵了，是听歌的那个玩意。

妻　　我不早给你了？

丈　　你啥时给了，你啥时给了……（一摸在自己口袋，拿出给妻子）放开。

王　　大伯，挺现代的。

丈　　啥年代了，music。（伴奏起）

　　　（唱）咱两个在黄围山，整整三天，旅游休闲真划算，若问我明年
　　　旅游计划咋办，我决心在黄围山住他一百年。

【谢幕】

疫后检修别样红

时间：2020 年春

地点：陵川金隅水泥厂

人物：王经理，男，40 多岁，简称王

　　妻，女，车间班组领导靳、石、何、1、2、3……

【办公室背景、桌椅等，室内坐五六工人，等着开会】

王　（上场）疫情耽误了百余天，年度指标不能减，设备大修全动员，能赶一天是一天。（进办公室）

1　王经理，有什么事？你着急上火让大家一早就来。

王　能不急吗，可恶的疫情，今年第一季度黄金三个月即将这样过去了，全年的经济指标怎么完成？

2　这不，公司刚开了年度检修动员大会，咱们说干就干吧，还等啥。

王　你说得对，你们都是车间、班组的头头，都在关键岗位，我召集大家来，就是想讨论和安排怎么干。

3　是呀，水泥企业设备大修可是全员参与的大任务，今年遇上了新冠肺炎疫情，既要检修，又要防控，难度太大了。

王　此次大修涉及检修项目 70 多个、外协队伍 14 支、外协人员 300 多人，管控难度很大，所以说，咱们这些党员、干部、骨干要克服困难，勇挑重担，团结一心，尽职尽责，在各自的岗位上努力工作，力争夺取疫情防控和复工复产的双胜利。这个工作方案大家再看看，没问题了就抓紧施工。

1 我看预热器系统升级改造这一块没问题。

2 篦冷机系统升级改造这一块也没问题。

3 配套检修任务，把时间调整一下就行了。

4 外协人员分批入厂、登记、测温、体检、建档、消杀、隔离防疫工作，我们已经准备妥当。

5 后勤部门单间住宿、配餐到点，都有保障。

6 生活物资、防疫设施供应充足到位。

王 好的，要是没问题，大家就按照公司领导的要求，提高政治站位，确保"零感染、零隐患、零事故、零伤亡"，分头行动吧。

众 是。

160

【背景显示检修现场繁忙景象，吊装机、破碎锤、运输车、叉车轰鸣，焊花飞溅，检修工人、消毒人员脚步匆匆……舞台上疫情检测场面】

王 （对大屏高处的人说话）石师傅，你们已经连续加班3天了，太累了就下来休息一下，但无论如何要保证质量，还要注意安全。

石 4月1日要开工，时间太紧了，大家不敢有丝毫懈怠，撑也得硬撑下去，质量你请放心。

王 靳师傅，外协人员都进厂了，人多繁杂，宿舍楼的消杀工作至关重要，每天要消毒两三次，也要保护好自个。

靳 好嘞，我呀争取工人零感染。

王 不是争取，是保证。

何 （舞台现场）小同志，你要戴好口罩，不能马虎。

你测体温了吗，登记了吗……

你的手还没有消毒呢……

王　何师傅，你这诊断隔离组和厂区消毒组组长，疫情防护可是重任在肩，外协队伍、本厂人员体检、检测、就餐，哪一关都不能放松。

何　我亲自盯着，亲自消毒，一点都不含糊。

王　只有把好每一关，大家才能更安全。

何　说实话，就是大家穿这一身玩意太闷了，浑身是汗。

王　这是防疫规定，为了安全必须这么做。

何　老王，你不能老这么顶班，也要注意休息。

王　没事。（王晕倒）

6　王经理，你怎么了？（接住王）

何　他是太累了，在厂里24小时值班，20多天没回家了。这些天，由于人手紧张，他又连续上了5个班，就是铁人也会累坏的。

5　赶快送医务室吧。

众　快，搭把手。

王　（醒来）这是干啥？

何　你都晕倒了。

王　没事，不要管我。

何　先送王经理到医务室看看。（目送走）

6　好的。（扶着王下场）

何　大家继续检测。

【背景显示厂大门及办公室两个地方】

王　（倒水喝药）我看一下各组的进度，这组，二组……这组还要加紧……
（妻、女上场，厂大门口打电话）

王　（电话铃响）喂，小芳，你在哪？

女　爸，我和妈妈在你们厂大门口呢，门岗不让我们进去。

王　现在是疫情防控时期，不允许进来，有啥快说，爸爸还有事。

女　爸，你都20多天不回家了，和女儿说句话的工夫都没有，我们想看看你好不好，我们视频吧。

王　我呀，好着呢，放心。

妈　老王，你这是在哪呀？

王　在办公室。

妈　我怎么看着像在病房。

王　哪能是病房，（一看身后病床，赶快换角度到医务室办公桌前）我这不是在办公看检修进度？

妻　你是不是把我们娘俩给忘了。

王　你说的是啥话呀，这些天工作特别多。

女　爸，我想你。

王　我也想你呀，宝贝。

女　爸，疫情3个月都没出门了，你说疫情过了周末带我去旅游散散心，我等呀等，可你一走20多天，就是不回来，爸，我想见见你……

王　芳，爸爸也想见你呀，这不，厂里大检修，时间紧，任务重，加上外协工人好几百，还得防控疫情，爸爸手上的工作太多，实在是走不开呀，过了这一阵，爸爸就回去看你和你妈，昂。

妈　老王，我知道你的性格，一有任务你就忙个不停，女儿的话不要放在心上，我和女儿没事，家里的事你放心，你就安心忙吧，昂。

王　谢谢你，我的好老婆，不要担心。

妻　能不担心吗，你呀，一忙起来就什么都不顾了，一定要注意强度，抓紧休息，不要累坏了的身体。还有呀，厂里大修期间外来人多，还得注意疫情，不要传染了，别总是带着病回家。

女　爸，我们等你回家。

王　好，我的好女儿，你在家也不能淘气，要帮妈妈干家务，爸爸一定抓紧回，放心吧。

妈　我们等着你……

女　我盼你回来，爸……

王　谢谢你们来看我，在此，我也谢谢所有为公司默默付出的家属们，
　　你们辛苦了！（鞠躬）

【谢幕】

综艺晚会策划稿

陵川县 2020 年"同心奔小康　奋进新时代"综艺晚会策划案

县委宣传部安排，计划在今年 12 月下旬举办以"脱贫攻坚、全面小康"为主题的"同心奔小康　奋进新时代"综艺晚会，现根据我县实际，经过征求意见和讨论，初步拟定本策划案。

一、策划意图

本台晚会初步安排 13 个节目，时间大约 90 分钟，由舞蹈、声乐、小合唱、快板、情景剧、诗朗诵、曲艺说唱、音乐剧、戏曲等群众喜闻乐见的节目形式组成，整台晚会都为新编排节目，均未在陵川登台露面。为了体现现实生活，突出本土特色，整台晚会加大了语言类节目分量，原创节目约占 60% 以上，不论节目创作、编排，还是演出队伍选拔及舞台设备安装等，尽量做到高标准、严要求，通过晚会反映陵川脱贫攻坚、全面奔小康及社会主义建设的主题，歌颂陵川经济和社会生活中的先进典型和模范事迹，弘扬社会主义核心价值观和社会正能量，力求为大家呈现一台效果好、质量高的文艺晚会。

二、节目名称和内容简介

（一）歌舞类：20分钟

1. 开场舞《花开盛世》

2. 舞蹈《鼓擂太行》

3. 舞蹈《古陵俏丫丫》

4. 收场歌伴舞《走在希望的新时代》

以欢庆盛世开始、奋进新时代结尾，用舞蹈语言展现古陵姑娘的青春活力，也让整台晚会浑然一体，通过歌舞节目表演展现陵川人民脱贫后步入小康生活的喜悦心情及奋进向上的精神风貌。

（二）语言类：30分钟

1. 音舞快板《太行一号好风光》（原创节目，8分钟）

通过快板表演展示陵川境内网红公路太行一号线及沿线的大美旅游风光。

2. 情景剧《扶贫路上》+男声独唱《扶贫路上》（原创节目，17分钟）

为反映郭建平父女两代胸怀贫困百姓的真挚情感和为了扶贫事业的牺牲精神，情景剧《扶贫路上》将带领观众感受真实生动、感人肺腑的扶贫故事，表达对脱贫攻坚伟大事业中像郭建平父女一样战斗在扶贫路上的第一书记或扶贫干部的崇高敬意，紧接着演唱歌曲《扶贫路上》，既能缓解情景剧给人带来的悲痛情绪，又用动人的歌声再次对扶贫干部表达诚挚感谢。

3. 诗朗诵《我们的生活充满阳光》（原创节目，5分钟）

歌颂改革开放40多年来陵川各项事业建设的伟大成就和巨大变化，让人们拥有一个美好的回忆。

（三）说唱类：16分钟

1. 曲艺说唱《蹚出新路奔小康》（原创节目，7分钟）

宣传习近平总书记视察山西重要讲话精神，体现陵川县在转型发展上率先蹚出新路奔小康、乘势而上谱新篇的信心。

2. 音乐剧《七仙女云游王莽岭》（原创节目，9分钟）

用主持语言介绍王莽岭改制和旅游发展情况，展现当地通过努力建设达到"此景只应天上有，王莽岭景色更诱人"的效果。王莽岭的美景惊艳了上天，七仙女下凡来云游王莽岭，给人一种领略王莽岭的全新视角。

（四）声乐类：15分钟

1. 女声独唱《我的家乡在太行山上》（原创节目，5分钟）和京剧戏歌《我的古陵　我的梦乡》（原创节目，5分钟）

抒发陵川人热爱太行山、热爱家乡的情感。

2. 小合唱《我和我的祖国》（5分钟）

用歌声歌颂祖国，展现热爱祖国的情怀。

（五）混合类：5分钟

1. 诗朗诵 + 歌舞《抗疫　我们一起出发》

反映2020年面对百年不遇的新冠肺炎疫情重大灾难，中国人民同舟共济，逆行而上，各行各业齐动员，我们一起抗疫的情形。

（六）待选节目（二选一）8分钟

1. 舞蹈《路》

2. 小品《路之梦》

呈现锡崖沟人30年艰苦奋斗、开山凿崖，修出了一条走出大山之路的故事，热情讴歌陵川精神和锡崖沟精神。

三、主持及串词（10分钟）

主持作为晚会的重要组成部分，对晚会节目的整体效果起着至关重要的作用，通过主持串词把晚会节目有机地联系起来，可以让整个演出浑然一体。主持词作为晚会的重要内容，更能把晚会脱贫攻坚、全面小康和陵川建设成就的主题和晚会要表达的思想清晰地介绍给观众，达到创办晚会应有的宣传效应。

总之，整台晚会策划应做到内容要感人、原创分量重、类型力求全、特色需鲜明，要让领导满意、观众满意，给陵川留下一台精彩而又值得回味的文艺晚会，献上文艺工作者的智慧和努力。

七一文艺晚会策划稿

陵川县庆祝中国共产党成立100周年七一文艺晚会策划案

为隆重庆祝中国共产党成立100周年，在全社会大力营造"党的盛典、人民的节日"团结奋进、开创新局的浓厚社会氛围，通过形式多样、丰富多彩的文化活动，为人民群众创造高品质的精神文化生活，展现新时代全县人民担当作为、奋发有为的新风貌，按照县委宣传部文件精神总体要求，具体策划方案如下：

围绕中国共产党成立100年（1921—2021）的辉煌历程，本台晚会共分4个篇章，时间100分钟，节目类型有舞蹈、快板、小品、情景剧、声乐、器乐、朗诵等，分别为：

一、艰苦岁月（1921—1949）

主要表现1921—1949年从中国共产党成立到抗日战争，再到解放战争时期的革命历史，同时将陵川本地的红色文化推出，传颂陵川人民为抗日战争和解放战争的胜利所做出的突出贡献。具体节目有：

1. 开场舞《我宣誓》（4分钟）

表现革命者在艰苦岁月里，英勇战斗，不怕牺牲，坚定加入中国共产党，通过宣誓场景，展示共产党人革命到底的坚强决心。

2. 女声独唱《红船》（4分钟）

红船象征着党的成立，党从此开启了百年奋斗历程。红船承载着党的使命，把希望带给人民。红船精神永远是我们革命的法宝。

3. 情景剧《歌之魂》（13分钟）

《在太行山上》这首红歌创作于陵川，通过再现当年的情形，体现抗日战争时期陵川人民母送儿、妻送郎参军抗战的热情和付出的牺牲。

4. 舞蹈《陵川号兵》（5分钟）

展现陵川在抗日战争和解放战争时期为革命、为部队和地方革命武装培养了1700多名号兵的故事。

二、革命建设（1949—1978）

主要展现1949—1978年社会主义革命和建设的火热场景及全国人民的高涨士气。具体节目有：

1. 红歌联唱《社会主义好》等（6分钟）

选取中华人民共和国成立初期革命建设生产具有代表性的歌曲联唱，让人们回想起那个热火朝天的年代。

2. 小品《奋斗的一家人》（10分钟）

以"一五"规划为背景，歌颂"一五"期间战斗在建设大潮中具有代表性的一家人，呈现他们为建设国家而奋斗的故事，进而突出国家"十四个五年规划"的战略意义。

3. 打击乐《沸腾的时代》（4分钟）

通过打击乐表演，展现那个大生产的沸腾时代。

三、改革开放（1978—2012）

1. 舞蹈《春天的故事》（4分钟）

呈现改革开放的春天到来，中国进入改革开放建设的新时期。

2. 情景剧《路之梦》（9分钟）

反映锡崖沟人30年来艰苦奋斗、开山凿洞，修出了一条走出大山的挂壁公路，体现改革创新、开放对外的思想，歌颂锡崖沟精神。

3. 女声独唱《唱支山歌给党听》（4分钟）

通过新旧社会对比，表达人民群众对党母亲的深情。

4. 快板《改革开放春风暖》（5分钟）

述说改革开放以来祖国各项建设取得的令人瞩目的伟大成就。

四、圆梦中华（2012—2021）

1. 二重唱《不忘初心》（4分钟）

歌颂共产党人不忘初心、牢记使命，坚持中国道路，为人民幸福而不懈努力的信念。

2. 情景剧《扶贫路上》（12分钟）

剧中主人公郭子涵的父亲曾担任台北村第一书记兼工作队队长，不幸因公殉职。23岁的郭子涵继承父亲未曾完成的"遗愿"，放弃考研深造的机会，积极投身脱贫攻坚第一线，带领村民共同努力，使台北村发生了翻天覆地的变化，用奉献精神书写了乡村全面脱贫奔小康的故事。她个人荣膺"中国青年五四奖章""全国脱贫攻坚先进个人""全国三八红旗手"等国家级荣誉称号。通过情景再现，歌颂党的扶贫大业及扶贫干部的先进事迹和奉献精神。

3. 戏歌《我的古陵　我的梦乡》（6分钟）

歌颂陵川的山水美、文化美，表达陵川人民对家乡的无比热爱之情。

4. 诗朗诵《知心话儿献给党》（6分钟）

歌颂党的百年伟业、百年辉煌，表达人民对党的忠诚爱戴和永远跟党走的坚定信心。

5. 收场舞《走进新时代》（待定，4分钟）

呈现如今的幸福生活和欢乐时光，表明在中国共产党的领导下，人民实现中华民族伟大复兴的美好梦想。

七仙女云游王莽岭

时间：现代

地点：王莽岭风景区

人物：七仙女姐妹七人，简称大、二……

　　　甲、乙等侍女若干

【幕启】

大　姐妹们，难得父皇高兴，我们今天算是自由了，磨蹭啥呢，云游凡
　　界仙女团出发了。

众　出发了！

　　（唱）腾云驾雾游下凡，

　　　　　晴空万里看人间。

　　　　　男耕女织多幸福，

　　　　　迷人景色入眼帘。

四　哎！你们看，那是啥地方呀？景色那么美，游人那么多。大姐，要
　　不我们一起去看一看吧？

众　去看看吧？

五　哎！那不写着呢——王莽岭旅游风景区，还是 4A 呢！

众　就你的眼睛好！

大　没有你们不想去地方，你们呀都安分点。唉……要不又像七妹一

样，找个董郎呀、李郎呀。

七　姐，你可别拿小妹开涮啦，小妹的分离之苦，你就一点也不体谅？

大　好不容易下凡一趟，大姐怕你们出事，一不小心说错了话，七妹对不起了。

七　好了。不过呀，咱们这次来得正是时候。

众　为啥？

七　王莽岭呀，

（快板或唱）改制改出新气象，

　　　　　　整治提升上了档，

　　　　　　景区面貌大变样，

　　　　　　服务质量都赞赏！

　　　　　　服务质量都赞赏！

五　对呀，赶上这个时光，我们也学一下人间，好好旅旅游，观观光，拍个抖音玩时尚。

大　咱们姐妹这两天就好好游览一下——

众　王莽岭。

（唱）云山幻影王莽岭，

　　　八百里太行最著名。

　　　风光秀丽景诱人，

　　　太行至尊美誉称。

　　　天下奇峰聚一山，

　　　三山五岳不用争。

　　　4A 景区国家颁，

　　　清凉胜境最典型。

七　姐妹们，王莽岭景区就在陵川县古郊乡境内，因西汉王莽追赶刘秀到此安营扎寨而得名，最高海拔 1700 多米，是南太行的最高峰。站在王莽岭呀，便是脚踩陵川的土地，手摸河南的云彩。

二　哎，你们看！那半山腰上怎么能跑汽车呢？难道说——

众　它们也会飞！

七　各位仙女们，那是我们锡崖沟人艰苦奋斗 30 年，在悬崖峭壁上抠出的一条 7.5 公里挂壁公路，堪称世界奇观。

（唱）世外桃源锡崖沟，

　　　开山筑路传美名。

　　　艰苦奋斗三十年，

　　　锡崖沟精神人称颂。

　　　田园风光似神话，

　　　民风淳朴情意浓。

　　　清新宜人多享受，

　　　流连忘返不想走。

三　这挂壁公路，弯弯曲曲，盘山而上，直插云霄，好像咱们上天的路。

众　是呀！

二　这峻峭的险峰，清澈的溪水，飞流的瀑布，好像我们美丽的天宫。

众　对呀！

大　七妹，还有啥好景观，你就带姐姐们欣赏欣赏。

七　遵命。王莽岭的美景太多了，神龟峰、仙鸵峰、刘秀城、佛光岭、观日台……姐妹们，咱边走边说边看，好吗？

众　好。

（唱）一边走来一边看，

　　　王莽岭处处是美景。

　　　散花台上当仙女，

　　　异树奇葩寒柳生。

　　　高山流水绕琴台，

奇石苑中看岩溶。

卧龙场里读历史，

天柱关上峰连峰。

（一仙人老者男朗诵）

王莽岭上观日出，

异常雄伟多壮观。

初升形态万千变，

万缕金线天空闪。

红日磅礴气势大，

云霞捧日群山染。

林间光柱多奇丽，

七彩云海绕山转。

这就是观日台，这里呀，是观看云海和日出的最佳地点。

六　七妹呀，王莽岭这么美，我们也要恳请父皇在这王莽岭上修炼他个
　　千年神话。

众　千年神话！

大　时间不早了，姐妹们，我们也该回宫了。

众　回宫了！

（唱）不登王莽岭，

岂识太行山。

观天下奇峰聚，

怎何需五岳攀。

表里山河，

太行之巅。

天地万物见证沧海桑田，

太行至尊。

七仙女云游王莽岭（音乐剧）

王莽岭秀美，

雄冠太行最美景观王莽岭。

【谢幕】

贯彻市党代会精神　助推康养产业发展

尊敬的各位领导、来宾、父老乡亲：

大家下午好！

今天，我愉快地乘着"晋城市新时代理论宣讲快车'市八次党代会专列'"来到了中国车谷、慢养山居、康养胜地、美丽丈河。

我叫 ***，来自陵川县旅游开发服务中心，在这里，我要和大家分享学习市委八次党代会精神和我县文旅康养建设的一些体会。

今年是中国共产党成立 100 周年，我们党百年创业、百年辉煌，各项事业蓬勃发展，人民生活蒸蒸日上，我想在场的各位，特别是咱们丈河人更是深有体会，铭记于心。那么在全国人民步入小康的今天，很多人又在追求什么呢？哦，肯定是文旅康养。

大家知道，2021 年 10 月 15 日至 17 日，中国共产党晋城市第八次代表大会胜利召开。市委书记在会上作了一个鼓舞人心、催人奋进的报告，确定了全市今后 5 年的重点工作和发展方向，在文旅康养方面作了很好的规划。报告指出，要加快文旅康养融合发展，坚持把全市域作为功能完整的文旅康养目的地来规划、建设、管理，构建"一核、两环、两带、十片"发展格局，叫响"东方古堡、人间晋城，云锦太行、诗画晋城"四大品牌，实施基础提升、景区提级、服务提标、品牌提质"四大行动"，要加快建设太行一号文旅康养和乡村振兴融合发展示范带，真正把太行一号旅游公路建成观光路、文化路、生态路和致富路……

艺海浪花

　　通过学习晋城市第八次党代会精神，我心潮澎湃，为之振奋，市第八次党代会确定了文旅康养产业发展战略，我们今后干事有了动力，前进有了方向，我们要借助晋城市第八次党代会的强劲东风，充分发挥我县文旅康养资源优势，紧紧围绕"全域旅游·康养陵川"定位，以"清凉胜境·康养陵川"为形象口号，主打"围棋源地、避暑胜地、养生天堂、太行山水"四大特色品牌，深度推进文旅康养产业融合发展。我们将以下面四点为抓手，全面发展。

　　一是以龙头带动为引领，发展康养产业。以王莽岭大景区建设为龙头，加快实施王莽岭景区整治提升改造工程，投资 15 亿元，建设锡崖沟安置区、极顶文化展示区、挂壁公路等 6 个基础设施项目和卧龙场商业街、营盘隧道、环形步道改造等 8 个 EPC（工程总承包）项目，完成王莽岭—棋子山—黄围山文旅康养片区建设。

　　二是以太行一号为牵引，打造康养产业。以太行一号旅游公路为纽带，将公路建设与康养旅游开发有机融合，配套启动信息、慢行、文化景观、生态恢复、农田财化五大系统建设，形成"快进慢游深体验"的旅游公路体系，精心打造"太行山上·太行人家"系列特色康养村落，重点发展康养疗养、康养中医药、康养体育、康养食品、康养游憩等康养产品，建好太行一号文旅康养环。让"此生必行"太行一号品牌形象，成为全国著名的网红打卡地，让太行一号旅游公路建成拉动陵川转型发展的观光路、文化路、生态路和致富路。

　　三是以百村百院为载体，实施康养产业。通过"驿站进农村"模式，继续打造以咱们丈河、浙水、松庙为代表的一批康养特色村，高老庄、小翻底等 12 个省级乡村旅游扶贫示范村，寺南岭、横水、马武寨等 30 个康养特色村的产业布局。规划编制和开工建设非重点康养村项目，让百村百院工程建设在我县康养产业发展中起到重要带动作用，实现凤凰谷—丈河文旅康养片区建设。

四是以康养陵川为品牌，推广康养产业。为叫响叫亮"清凉胜境·康养陵川"旅游品牌，促进我县康养产业的更好更快发展，进一步加大招商引资力度，除继续举办好太行连翘节、金秋红叶节等大型活动外，还要策划系列旅游文化活动项目，同时，积极参加外省市的招商推介活动。扩大"朋友圈"，画大"同心圆"，力争在挺进中原、融入中原上迈出实质性步伐，真正把陵川品牌推出去，把建设资金引进来，把康养产业发展好。

　　战鼓已经擂动，号角已然吹响。让我们在晋城市第八次党代会精神的指引下，围绕我县"一心牵引、一带串联、两区互动"的全域康养大格局，加快王莽岭国家 5A 级景区、两个 4A 级景区、多个 3A 级景区建设步伐，高标准实施"百村千家"康养工程，打造"太行板块"旅游集群，全力建设中原地区最具影响的生态休闲旅游健康度假中心、国家全域旅游示范县和全国康养产业样板县。

　　责任重大，时不我待，最后，我借助大会报告中的几句话作为今天演讲的结尾，我们要把历史的光荣化为现实的责任，把时代的召唤当作前进的动力，把崇高的使命化作积极的行动，不忘初心、牢记使命，为全方位推进高质量发展、建设共同富裕新陵川而努力奋斗。

走近松庙

　　松庙村隶属陵川县古郊乡，距县城约 30 公里。10 多年前，我受松庙村一位朋友之邀来过该村，当时，松庙村没什么特色，没留下深刻印象，只记得它是一个很普通的还不算小的小山村，一个村集体经济十分薄弱的贫困村。

　　近年来，松庙村借助太行一号国家风景道建设的机遇，发挥紧邻王莽岭、棋子山等景区的区位优势，依靠群山环绕、气候清凉的自然条件，依托资源优势发展康养驿站项目，探索出一条脱贫攻坚的新路子，百姓的生活水平得到了显著改善，松庙村发生了翻天覆地的变化，真可谓是"天翻地覆慨而慷"。

　　出于好奇，我们选择了一个风和日丽的好日子，专程驱车前往松庙旅行，一来亲身感受，见证奇迹；二来享享眼福，愉悦心情。车在路上行，心往松庙想，浮想联翩中，松庙村的标志呈现在眼前，它告诉我们，松庙到了。

　　环村远望，松庙村面对华金山，背靠老爷庙山，左扶东坡岭，右托石坡岭，太行一号国家风景道和小河在村前穿过，从地理位置上看，松庙乃祥瑞福气之地。

　　据传，松庙早在明朝初期就有人在此生活，那时，大凡有人烟的地方就建有庙宇。松庙村在石坡岭上建有二仙奶奶庙，庙前种了松树，松树苍翠挺拔，树枝一层层向四面伸展，好像一座青塔，又像一把大伞，不仅庇荫着庙宇，而且护佑着村民，松与庙相映成彰，十分壮观，故而此村称为松庙。

走进松庙村有两条路，一条柏油马路，一条林荫小道，我们沿着小道开始了松庙的参观行程。我们行走在竹林小道上，欣赏着美妙的轻音乐，吸收着中药材和遍野沁人心脾的花香，享受着鹅卵石提供的天然足疗，走过一座凉棚，一幢现代简约别致中式风格的生态木屋餐厅令人眼前一亮。

木屋餐厅总建筑面积800平方米，分上下两层，里面有游客接待中心、包间、餐厅和多功能厅。一进门，展台上陈列的是陵川本土的一些特色农产品，餐厅内设19个卡座，能容纳近200人就餐。第二层又分两阶，既可就餐，又能赏景，还有一种神秘之感。木屋餐厅特意从山东青岛引进了一条精酿啤酒生产线，游客来到这里，在近距离欣赏啤酒制作流程的同时，还可品尝到新鲜酿制的美味啤酒，盛夏之日，消暑解热，开胃健脾，清凉舒爽。

松庙村依托生态底色，突出旅游特色，彰显乡村本色，建设宜居家园，通过盘活村中空心房，引导村民将农村闲置住宅改造成特色民宿小院，小院中可以住宿、品茶、办公、上网等。这样的特色民宿小院，松庙村将逐步完成20多座。

往前通过一个缓坡，便是松庙康养服务基地，这个康养基地是基于医院和疗养院之上的兼顾身心双重健康调养的产业综合体，通过与山西中医药大学合作，由医药专家团队在饮食、功法、技术、文化产品等多个方面为基地提供技术服务和产品开发，推进康养产业的深度发展。康养大院一楼设置理疗馆、中医馆、养生馆等康养项目，二楼是青年旅社，主要用来满足专家及医学青年团队住下来搞康养经营。这里成了旅游康养的一个绝佳之所。

沿凉亭台阶而下，来到了一个集养生、养心、养老于一体的康养旅居木屋群。首先看到的是望翠楼，像这样的成品木屋村中建有 6 座，专利的室内设计做到了空间利用最大化，并配置了嵌入式衣柜、组合洗手台、干湿分离卫浴及隐形折叠床。每座木屋都配备了中央空调、出口壁炉、石墨烯地暖，建造木屋的材质具有隔热、保温、隔音、防水等特点，房子功能设施一应俱全，能满足游客休闲度假的需求，在节能环保的同时保证了冬暖夏凉的舒适感，同时，室外还附带儿童游乐区供孩子们玩耍。木屋群的左上方，是依托绿水青山环境地势正在施工建设的错落有致的木屋度假区，22 座木屋将矗立于山与村之间，为康养休闲度假区注入了新的活力。在此体验一次别样的木屋生活，定会给游客带来无尽的愉悦。

木屋群北边有两个小院，是松庙"优氧研究院，陵川康养站"，有句话说得好，氧气不足，万病之源，在这里进行优氧理疗，可以促进细胞代谢，强化机理功能，加强有氧远动，提升生命质量，这是康养体验的高端产业项目。

松庙村西坡林，将要建成一条 2.5 公里的骑行步道，大家可以在此体验林间小道骑行的快乐。东坡山林之间有一条绵延山林的登山健身步道，登山健身也是近些年发展时尚的健身方式，游客登山健步可康健体质，在山林小憩，又能体验天然氧吧，甚至喊上几嗓子，还可释放胸中闷气，吐故纳新，带来一种美妙的神清气爽。

返行至松庙村口主路东边，王红星博士工作站格外引人注目。王红星是从古郊乡本土走出去的一位留洋博士，他从加拿大曼尼托巴大学医学院取得博士学位后回国，现任首都医科大学宣武医院神经科主任，并兼任数职。王红星博士成名后，心系家乡建设，结合自己的研究领域在松庙驿站设立了博士工作站，这里的百姓不出门就可与博士直接面诊或网上问诊，首开了陵川设立博士工作站之先例，进一步提升了松庙村发展康养产业的综合实力。

"康养避暑松庙"目标的实现，让松庙成了无门票旅游风景区、绿水青山的康养休闲区、无污染的有机产业区、守家在地创业致富的就业区，走出一条符合松庙实际的农村人居环境整治、乡村振兴、脱贫攻坚的新路子。这次松庙驿站之行，我们深感欣慰，都觉得这里木屋建设有创新，民宿改造有特点，医养结合有特色，生态绿化有新意。

　　松庙是实施"驿站进农村"战略的经典作，是游客健康养生的首选地，是旅游产业发展的新模式。衷心祝愿松庙在转型发展的康庄大道上行稳致远，明天更美好！

走近松庙（游记）

漫游浙水

浙水村位于晋豫两省交界处，毗邻长治壶关、河南辉县，全村 460 户 1170 口人，境内生态环境良好，自然资源丰富，夏日气温最高约 22℃，森林覆盖率达 72.5%。美丽的自然风光，特殊的地理位置，优雅的生活环境，深厚的文化底蕴，让浙水村冠上了"山西省最美旅游乡村""国家森林乡村""中国慢生活休闲体验区""中国传统古村落"等美名。

在阳光灿烂、秋高气爽的日子里，我们一行慕名来到了理想的康养之地——浙水村。在一位向导的引领下，我总算了却了游览浙水的心愿。

从浙水停车场到村口还有一小段路程，我们行走在柏油路上，远远望去，就被南山脚下醒目的"国家登山健身步道"标志所吸引，沿着步道可登上南太行第一峰北板山。村南有一条浙水河，浙水村也由此而得名，这条河过去水量丰沛，又因它是淇河的正源，所以，甘甜的河水不仅养育了世代太行人家，也滋润了万千中原儿女。

不知不觉中，我们来到了村口，首先映入眼帘的是老旧而高大的木质门楼，上面镌刻着"阳马古道"四个大字，一缕古朴之风和厚重的文化气息拂面而来。

走进门楼，迎面有一口古井，井水取之不尽，用之不竭。相传周武王灭商后，箕子逃避途中路过此地，曾在井中取水解渴。箕子喜曰："井中之水滋润解燥，绵甜爽口，喝了真让人神清气爽。"这可能因为水中富含锶元素等多种微量元素，是天然的弱碱性矿泉水。于是，箕子充满水袋，继续前行，至棋子山隐居，他在那里用天然黑白石子摆卦占方，推演天文，于不知不觉中创造了围棋，为陵川获得了一个世界围棋发源地的大名。

在闲聊趣谈中我们走上了阳马古道，阳马古道自古就是上接太行、下连中原的一条重要商道，晋豫两地丰富的特产通过这条商道进行物资交流，由于山路难行，浙水又地处要道，马帮商队大凡在此歇脚，他们清晨迎着朝阳出发，开启一天忙碌的商旅生涯，故此地取名"阳马古道"。走在这条古道上，我们仿佛听到古商马帮悠扬的驼铃声，仿佛看到小商贩肩挑背扛赶路远行劳碌的背影。

明末时期，这条古道过往商人日益增多，行旅客商熙熙攘攘，浙水村也形成一个集贸交易市场，百姓看到了商机，村里沿街小店、饭庄、醋坊、油坊、豆腐坊，还有日杂、丝绸、药铺等店铺骤然兴起，老字号商铺"顺兴隆""德盛魁""鸿兴隆"等颇负盛名，阳马古道当时便成了繁华的商贸一条街。

在街中的一个拐角处，我看到了一座缺角的房子，向导介绍说，这个拐角是由于当时人流密集，通行不便，房主人特意进行了改造，把房角改成了这个缺角形状，这不由得让我联想到清朝六尺巷的故事，两家互相谦让的做法传为美谈，"千里捎书只为墙，让他三尺又何妨"，也成了名句，这里也可替房主人套用一句话，为了通行更方便，让他一角又何妨。从这个文化故事中，我们体会到了房主及浙水人让路的胸怀与美德、风度与修养。今天，我们这个时代更需要这种谦让精神。

再往前走，街东头有座古庙——观音堂，它在走向上比较特别，一般庙宇及老百姓的房屋都是坐北朝南，而它是坐南朝北，因为正南方的位置高尊，也代表朝北房子主人身份的尊贵。也许如此，当时观音堂香火旺盛，客商在此祈祷拜佛，大都买卖兴隆，生意兴旺。

街东头这座阁楼是出村的通道，走出此阁就走出了山西境内这条商贸通道的最后一个驿站，阁楼西面写有"凝瑞"、东面书有"钟秀"几字，意为祝愿客商凝结祥瑞之福，聚集灵秀之气。

阁楼南边的广场叫"阳马广场"，是晋豫客商在浙水的集散中心，客商在此进行攀谈生意，物资交流，联系旅店，联络情感。当时浙水村很多人参与了经商活动，还有部分人开起了骡马大店，为过往客商驮队提供食宿服务，过往商贩有的在这检查货物，稍事休整，继续上路；有的干脆在村里住上一夜，养精蓄锐，清晨再起程。阳马广场虽不大，却能容八方客，现在它也成为历史，但想象当年客商的忙碌情形，足可让人体会到商贩们为了生计从事经商的万般艰辛。

清康乾年间，明清古宅的兴建，农耕文明的进步，客商驮队的繁忙，浙水呈现出一派商贸繁荣景象，其商贸发展也在这个时期达到了鼎盛。阳马古道为当时的物贸交流做出了重要贡献，随着现代交通事业的发展，阳马古道已成为丰富的商贸文化遗产，时刻为后人带来美好的回忆。

在浙水，说起经商就不得不提杨百万，商贸街的南侧，浙水河的北边，从西往东修建有一排三院，就是百万庄园，它起始于明代，主要建于清代，规模较大，布局讲究，雕花门框、木雕件件精美，房屋现在虽有些破烂，但门楣上的字迹清晰可见，从东院到西院分别刻有"南山拱秀""溪护楼堂""看山如画"匾额，底蕴深厚，内涵深远，表明了庄园主人对浙水河护佑庄园平安的祈盼以及对家乡山水的热爱之情。杨姓家族当时之所以兴盛，也得益于阳马古道的大好商机，杨家经营项目比较广泛，从事山羊贸易，养殖山羊上万只；从事农业生产，拥有土地上百亩；从事商业活动，经营油坊、杂货、药铺、客栈等。杨家积累了丰厚的资产，因此，有人送外号"杨百万"。杨家还是浙水当时的名门望族，1949年居家移迁他乡，至于其原名未有考证。现在，杨家兴盛已成历史，却为后人留下了具有山西民居特色建筑的文化遗产。

浙水村还有三处现代文化场所，它们也是各具特色，看后让人回味无穷。

浙水河南岸上有座书屋，因屋内岩石形状和书的一页页相似，浙水人突发奇想，因地制宜、依山就势建起了一座休闲书屋，故称"页岩书屋"。书柜格局的外墙，顺势而下的屋顶，与整村静谧悠然的风格融为一体，给游客带来了新鲜别致的感观。书屋里可以阅读、休闲、纳凉，让游客乐享旅"图"。页岩书屋成了游客的观光打卡之地，太行一号国家风景道起点上的网红书屋。

浙水民俗馆也是浙水的文化大院，这里为康养度假的人们提供了一处文化休闲之地，院内南面的文化墙虽小，它却是浙水山水民俗风情的高度浓缩。关于文化墙上"熊山吐月"一栏我多说两句，它属"陵川古八景"之一，据说浙水熊耳山两峰耸立，每当月圆之夜，一轮明月从两峰正中山凹处冉冉升起，宛如从熊山吐出一般，这一奇特的景观让人流连忘返。游客还可在大院棋牌室悠闲对弈，修身养性；在文化活动室跳舞健身，展示艺术风采；在图书室看书上网，浏览书海百科，汲取知识营养。乡村文化记忆展馆能让您穿越时空，唤起您对农耕文明的记忆，留住您的乡愁。这座文化大院是农村文化建设的一个缩影，用文化专家的话讲，这是中西部基层文化中心建设的新样态。

走进浙水文化广场，我们看到有人在活动，有人在唱歌，据向导说，浙水村民有着浓厚的梨园情结，过去浙水就有戏班，现在每年农历三月十八的传统庙会村里都会唱大戏。舞台两边挂有一副对联："生旦净丑演尽人间欢乐事，唱念弹奏催开浙水幸福花"，可以看出浙水人民对精神文化生活的追求。广场上有座椅凉棚，人们闲了坐下聊会儿天；还有体育器材，可以活动健健身；可在舞台上喊几句上党戏，放歌古老的民谣，或者哼两句流行曲；在广场中央跳跳广场舞，蹓蹓四方步，晒晒小太阳，拍拍视频，发发直播，饿了选样小吃，刺激味蕾，还可买点陵五味等土特产赠送亲朋好友，真可谓：广场虽小用途大，旅客百姓皆欢乐。

在村委会门口，我们还看了浙水的远景规划，为打造康养圣地，浙水将依托传统文化，推出明清古建、古商业街、忠字坊、供销社、戏剧院、图书屋、浙水书院、国学讲堂、围棋道场等一批场景化、沉浸式体验项目，打造国学体验基地，让游客感悟太行文明史；依托淇水文化，推出太行山小峡谷、游泳池、矿泉水厂等一批涉水项目和青少年夏令营活动等项目，打造生态休闲体验基地，让游客体验陵川生态康养史；依托道路文化，集合阳马古道、太行一号旅游公路、国家登山健身步道等古道、新道变迁史，打造世界公路史博物馆，让游客感悟晋商精神、太行精神，打造浙水文旅康养体验驿站，真正让游客慢下来、静下来、住下来，在浙水村养心、养爱、养智慧。

浙水一天短暂的旅行接近尾声了，晚霞也撒满了浙水大桥，如画的梯田似乎层层在为我们送行，满坡的绿树仿佛棵棵在将我们挽留，依依不舍中我们告别了美丽的浙水，载着满满的收获，带着旅行的快乐，踏上了回家的行程。车轮在飞转，思绪在涌动，我对浙水的敬仰油然而生，心中对浙水有了更多的期许和祝福。

古有阳马古道，今有太行一号，这也许是古今通道建设的一种机缘巧合，但作为太行旅游板块的重要地标，文旅融合的典范，相信浙水必将伴随太行一号国家风景道的畅通及旅游康养业的兴起，再度闻名晋豫，更加兴旺发达。

大美古陵

巍巍太行山，古陵她最靓，

蓝天白云，林海茫茫，

天然氧吧，气候清凉，

奇山异水，四季如画廊。

太行云顶，锦绣风光，

凤凰幽谷，户外天堂，

挂壁公路，人间奇迹，

围棋源地，令人向往，

黄围灵湫，福地洞天，

金秋红叶红胜火，百里霞光，

连翘花开金灿灿，漫山飘香，

旅游胜地，大美古陵，宜居康养。

巍巍太行山，古陵她最靓，

文化灿烂，历史悠长，

民风淳朴，包容开放，

人民勤劳，建美好家乡。

太行一号，从这起航，

国字号品牌，个个响亮，

文物丰富，多彩多样，

状元故里，扬名四方，

《在太行山上》神州传唱，

千名号兵出陵川，奔赴战场，

老区精神传家宝，世代发扬，

新的时代，创新发展，再铸辉煌。

尾声

　　本书即将付印，这台晚会此时也将落下帷幕了。我在创作书中作品时，构思所费周折，写作所耗精力，实感不易，身心疲惫，也让我深刻体会到"书到用时方恨少，事非经过不知难"的含义。所幸的是，我在整个创作过程中，我自始至终得到了大家的帮助，在此深表感谢，也向为本书出版所付出的人们表示真诚的谢意……

　　在习近平新时代中国特色社会主义思想指引下，我国处于文化大发展、大繁荣的大好时期，本书如能给文化事业及广大文艺工作者带来一丝春天般的暖意，也算是大家对我长期关怀和帮助的一种回报，也算是我对文化事业尽的一点绵薄之力，再次恳请大家不吝赐教，提出宝贵意见，谢谢！

著者

2021 年 12 月 12 日